W0357105

Hôtel du bord des larmes

Du même auteur

J'étais la fille de François Mitterrand, Julliard, 2009
Madame Tabard n'est pas une femme, Julliard, 2011
Les Araignées du soir, Julliard, 2013
Les Mijaurées, Julliard, 2016
À nous regarder, ils s'habitueront, Julliard, 2019

Elsa Flageul

Hôtel du bord des larmes

roman

Mialet-Barrault Éditeurs

© Flammarion/Julliard, 2021.
ISBN : 978-2-0802-1675-5

Leur vie est mystérieuse. Pareille à une forêt. De loin, elle semble posséder une unité, on peut l'embrasser du regard, la décrire, mais de près, elle commence à se diviser en fragments d'ombre et de lumière, sa densité vous aveugle. À l'intérieur, il n'y a pas de forme, juste une prodigieuse quantité de détails disséminés : sons exotiques, flaques de soleil, feuillage, arbres tombés, petits animaux qui s'enfuient au craquement d'un rameau, insectes, silence, fleurs.

Et toute cette texture solidaire, entremêlée, est une illusion. En réalité, il existe deux sortes de vie, selon la formule de Viri : celle que les gens croient que vous menez, et l'autre. Et c'est l'autre qui pose des problèmes, et que nous désirons ardemment voir.

James Salter, *Un bonheur parfait*

Prologue

Ils n'avaient pas imaginé que leur vie deviendrait celle-là. Quand ils se voyaient plus tard, alors enfants, alors adolescents, alors plages encore désertes qui ne demandaient qu'à être conquises, qu'à être prises, qu'à être foulées, ils se voyaient grand, ils se voyaient large. Leur vie serait exceptionnelle. Ils auraient une femme, un mari, des enfants ou pas d'enfants, ils seraient beaux, ils seraient lumineux, ils feraient mieux que leurs parents, que leurs grands-parents, ils auraient la fièvre des poètes et la sagesse des anciens.

Ils ne se sépareraient pas. La fin de l'amour, ce ne serait pas pour eux. Il y avait une façon de faire pour l'éviter, pour la combattre : ils la trouveraient.

Et pourtant, ils sont là aujourd'hui, dans cet hôtel. On les appelle les *Hôtels du bord des larmes*. Des hôtels où l'on divorce. Bien sûr, ils n'étaient pas obligés de venir ici pour le faire. Il y a d'autres façons, classiques, longues, moins coûteuses, et les enfants qui trinquent, tu préfères aller vivre chez papa ou chez maman, non merci. Et puis il y a eu un jour cette publicité dans les journaux, à la radio, sur Internet. Les gens n'en revenaient pas, un hôtel pour divorcer, mais quoi encore. Des spécialistes, des intervenants, des chroniqueurs étudiaient le phénomène, on parlait de *capitalisme des sentiments*, de *mercantilisme des rapports humains*. Certains parlaient même de *prostitution du chagrin d'amour*, d'*ubérisation de la séparation*. Allons bon. On trouvait ça abject, déprimant, où va le monde, dans quelle société vit-on, je vous le demande.

On se moquait des premiers inscrits. On les méprisait de ne pas arriver à se séparer tout seuls, comme des grands, proprement, comme si c'était facile, comme si personne, jamais, n'était devenu fou de désespoir par amour. Comme si personne n'avait jamais voulu s'arracher le cœur à mains nues pour qu'il s'arrête de battre, effacer de sa mémoire les soupirs, l'odeur de la peau, le sexe qui se dresse, l'humidité et la chaleur des lèvres de l'autre. Comme si personne non, n'avait jamais voulu se faire éclater la cervelle pour oublier ces moments où l'autre les regardait avec admiration, désir, amour. Ce regard, oui. Ce qui avait été et ce qui n'était plus. Ce que la vie avait gâché sans qu'on comprenne comment, ni pourquoi, cette absence de moment décisif, cette usure. Ce désir qui s'efface, se dilue, s'évapore, quitte un corps un soir, puis un autre soir, puis un autre soir encore mais qui revient soudain, on se dit ça y est, il est de retour, j'ai eu peur, mais en fait non : un beau jour le désir est parti sans faire de bruit, sans claquer la porte, rien. Cet effacement. Cette douleur-là. La même que celle des absents, absents à jamais. La même que celle de la voix qui perd de sa réalité, et l'abonnement téléphonique qu'on garde, malgré tout, juste pour pouvoir écouter encore la voix, sa voix, celle de celui qui n'est plus. La même douleur. Le même abîme.

Des photographes, des reporters allaient jusqu'à immortaliser les futurs divorcés entrant dans l'hôtel, aux journaux télévisés on passait des interviews, sur les réseaux sociaux les nouveaux divorcés faisaient des selfies, pouces levés et mines réjouies, *big up à tous les divorcés !* On aimait aussi ceux qui ne pouvaient retenir leurs larmes et éclataient en sanglots face caméra, les vidéos circulaient sur la Toile, on riait d'eux, quelle honte de se montrer ainsi. Il fallait lire les commentaires des gens, l'exutoire que c'était, leur mépris, leur dégoût, leur fascination aussi. Ce déferlement comme ça, ça donnait la nausée. C'était notre monde, alors. On parlait volontiers de *stigmatisation*, de *victimisation*. Le chagrin ainsi montré, utilisé, et tous ces pauvres gens, des gogos crédules. Malgré tout, les futurs divorcés s'y pressaient, en deux jours c'était réglé, on pouvait passer à autre chose enfin, on effaçait pour mieux oublier, pensait-on.

Évidemment, les hôtels ont essaimé partout, en Europe, aux États-Unis. Ils sortaient de terre dans des endroits jolis et touristiques, les petits déjeuners étaient continentaux, les femmes de ménage locales et sous-payées. Partout de la moquette, des ascenseurs de verre, des tablettes tactiles pour appeler la réception, des menus vegan et gluten free, des fruits pressés detox, des graines de chia et des baies de goji, un sauna pour se détendre, des baies vitrées qui laissent entrer le soleil, très important le soleil : ça donne l'impression que tout est joyeux, que tout ira bien. Le faux luxe pour cacher la misère, la vraie misère du chagrin.

Et puis, on est passé à autre chose. Il y avait d'autres sujets plus forts, plus révoltants, plus importants. Des enjeux climatiques, des tempêtes et des typhons, des pandémies et des pénuries, des hausses des températures et des brasiers, bien réels ceux-là, que personne ne semblait pouvoir éteindre. On a continué à en parler un peu, pour voir si le phénomène en était un ou si, au contraire, divorcer à l'*Hôtel du bord des larmes* devenait une façon de se dire au revoir, si donc c'était possible de faire les choses de cette façon-là : rapide et concentrée.

Puis on n'en a plus parlé du tout. L'effet de mode passé, les réservations se sont raréfiées. Alors, pour que les hôtels ne ferment pas, on les a ouverts à d'autres personnes, des gens sans histoires qui ne voulaient pas divorcer, juste partir en vacances. On a enlevé les allusions au divorce, ça faisait mauvais genre soudain, on a banalisé les endroits pour que rien ne les distingue des autres hôtels, pour que les autres clients n'aient pas peur d'attraper le malheur des divorcés au petit déjeuner, comme une mauvaise gastro. C'est que la poisse, ça colle au cœur, ça colle au cul, ça effraie les plus valeureux. On a un peu rogné sur la qualité, c'est vrai. Vite, les tablettes tactiles n'ont plus fonctionné, problème de mises à jour, les menus vegan et gluten free remisés aux archives, pas assez de demandes. Pour contacter la réception, il y avait le téléphone et un menu imprimé sur du papier plastifié. Le sauna ouvert seulement à la demande, sur réservation. La moquette s'est élimée par endroits. De la poussière a saupoudré les plantes vertes d'ennui.

L'*Hôtel du bord des larmes* est tombé dans l'oubli. Il est devenu une façon comme une autre de se dire au revoir.

Désormais, quand ils s'inscrivent, les futurs divorcés ne savent pas vraiment à quoi s'attendre. Parfois, ils ont lu la brochure, visité le site internet, regardé les avis des clients, le nombre d'étoiles, les commentaires sur le petit déjeuner, les viennoiseries étaient-elles fraîches ou surgelées, le jus d'orange pressé ou en bouteille, le lit king size ou normal, la vue sur mer ou sur jardin. Mais ils ont beau chercher, ils ont du mal à trouver la vérité, la réalité. C'est flou et précis à la fois. Comme à l'hôpital, comme chez le médecin. Certains ont l'impression qu'on ne leur dit que ce qu'ils sont capables d'entendre. Et ça semble peu. Et c'est effrayant, un marécage de mots et de photos dans lequel il faut plonger tout habillé en se bouchant le nez. D'autres au contraire trouvent rassurant ce chemin bordé de pétales de roses qui embaument d'ici, il faut voir les lumières, les ambiances, le joli bouquet de fleurs posé sur la table, les couleurs pastel. La vie en beige. Non vraiment, ça a l'air bien.

De *ça* on ne parle pas : du chagrin d'amour, de cette douleur, on ne dit presque rien. Les futurs divorcés savent pourtant qu'il y aura un avocat et un notaire pour les papiers, un brocanteur même s'il le faut, qu'ils dormiront bien entendu dans des chambres séparées, qu'ils pourront, s'ils le désirent, ne croiser personne, que les enfants ne sont pas admis, question de protection de l'enfance. Sur le site internet, une femme témoigne, une femme que rien ne distingue des autres femmes, une femme qui ne se voit pas. Elle emploie les mots *expérience positive*, *faire un break*, *louer des vélos*, *aller au spa*, elle va jusqu'à dire *se faire du bien*, plusieurs fois. *Tourner la page*, évidemment. Il est question que ça marche, qu'on s'en sorte. C'est positif, mais on dit *feel-good*, allez savoir pourquoi. C'est la gagne. C'est apprendre au lieu d'échouer. C'est l'époque qui veut ça, *on est des fiottes ou quoi ? C'est qui le plus fort ?* Il faut avouer, c'est tentant.

Comme si rien, jamais, ne pouvait détruire, couler. Encore moins les sentiments. De tout on peut sortir plus fort, plus grand, plus entier, plus *soi*. On part du principe que le chagrin d'amour, mais il en est de même pour n'importe quelle épreuve de la vie, passe. Qu'il forge le caractère. Les romans, les films, les chansons ne racontent que ça, des histoires vraies, des leçons de vie, parce qu'il faut apprendre sans cesse, apprendre toujours, de tout. Tomber, se relever, à l'infini, pas de séquelles, éventuellement quelques cicatrices pour frimer. Mais toujours la vie qui vous prend dans ses bras, qui vous console, même si elle vous a giflé, même si elle vous a cassé la gueule un soir au coin d'une rue, comme ça, pour un mauvais regard, pour une clope. Les gens adorent ça : des épreuves qui façonnent, qui anoblissent, qui rendent meilleurs, des losers magnifiques que la vie gifle mais que la bonne volonté relève. C'est qu'on est des gagnants, des gagnantes.

On en est là.

Chapitre 1

Vendredi

1

François se tient là, sur le pas de la porte, agacé. Il se débrouille toujours pour ne jamais trop entrer dans l'appartement de Cécile. Il se tient à la fois dedans et dehors, même son corps exprime ce mouvement de fuite possible, celle du type garé en double file qui peut, à tout moment, décamper. Le buste d'un côté, les jambes de l'autre, et l'impatience qui fait tintinnabuler les clefs de voiture au bout des doigts. Il attend Valentine, leur fille. Il l'attend pour l'amener chez sa grand-mère le temps du week-end, ce week-end qu'ils vont passer ensemble avec Cécile à l'*Hôtel du bord des larmes*.

Valentine prépare son sac dans sa chambre, elle cherche un doudou, un jouet, un livre qu'elle emportera chez sa grand-mère, objet dont soudain elle ne pourra plus se passer, au côté duquel il lui faudra dormir, manger, prendre son bain. Soudain, l'ours en peluche jamais regardé, oublié sous le lit, traînant dans la poussière, deviendra compagnon indispensable, confident unique, choyé jusqu'aux larmes, *je t'aime tant mon petit ours, j'ai trop d'amour pour toi*, puis rejeté quelques jours après, parfois juste quelques heures, à la faveur d'un autre. Valentine s'affaire en parlant toute seule, comme souvent, parfois on distingue à peine ce qu'elle dit, seules des bribes de phrases se fraient un chemin hors de sa bouche, histoires de tigres féroces, de pères et de mères à l'agonie, de séparations déchirantes, et parfois de mots d'amour chuchotés, comme autant de formules magiques qu'elle semble inventer. François essaie de ne pas trop tendre l'oreille à ces histoires de petite fille, de ne pas trop entendre, non par désintérêt mais parce qu'il craint qu'elle y dissimule des vérités, comme on creuse un trou dans la terre pour y ensevelir ses secrets.

François veut déguerpir, se tirer d'ici au plus vite. Il est question de ne pas perdre de temps, mais en réalité il s'agit surtout de ne pas croiser Cécile, de ne pas lui parler. S'il pouvait, s'il n'y avait pas Valentine, ils ne se reverraient sans doute plus, ne se parleraient plus. Ils deviendraient un souvenir l'un pour l'autre, la voix, les expressions du visage, le charme s'effaçant petit à petit pour être remplacés par le tangible, par le concret : les photos, seuls vestiges de leur amour comme l'est une carte d'un paysage oublié, détruit. D'eux ne resterait que la topographie, plus la terre meuble, plus l'humus, plus la sève.

Mais il y a Valentine. François n'a jamais songé à disparaître, à lâcher sa fille. Pourtant, il y en a des histoires de pères absents, de pères fuyants qui profitent de la fin de l'amour pour s'imaginer ailleurs, autrement, pour croire à la page blanche, à nouveau. Il y en a aussi des histoires de mères qui, une fois l'amour fini, gardent les enfants comme une dot qui ne sera jamais rendue, parce qu'il faut bien qu'il paie. Pour les pères qui s'effacent, qui se cassent, il y a souvent un autre amour qui fait place nette et relègue les enfants à un week-end sur deux et la moitié des vacances scolaires. Ce qui était quotidien devient exceptionnel, ce qui était définitif a soudain l'air d'être provisoire. Tout devient fragile, poreux, friable. François n'est pas ce genre d'homme.

Valentine a fini son sac, elle crie *Papa ça y est !* puis court dans le couloir et arrive à la porte. Cécile sort de la cuisine en s'essuyant les mains, elle embrasse Valentine, François perçoit l'émotion qui étreint Cécile, cette émotion de la séparation qui est nouvelle. Il connaît si bien Cécile. Autrefois, du temps de leur amour, ils se félicitaient de leur connivence, de leur gémellité presque, ils ne cessaient de l'admirer, de la faire reluire, c'est qu'il faut que ça brille, ils la brossaient sans cesse, crachaient dessus à l'occasion pour que ce soit encore plus luisant, ils se miraient dedans et se trouvaient si beaux, si pareils et si beaux, c'était fou ce reflet inversé de leurs cœurs, de leurs âmes même. Ils se comparaient parfois aux autres, se trouvaient mieux, bien sûr, comment aurait-il pu en être autrement. Parfois, ils avaient la sensation concrète de ne faire qu'un, c'était fort et rassurant, planche de salut sur laquelle ils dérivaient doucement au gré des marées et des courants, à l'abri des tempêtes et des baïnes, s'épousant l'un l'autre dans un mouvement de survie et de protection. Mais aujourd'hui que l'amour est fini, qu'ils sont à nouveau deux personnes distinctes, que leurs corps ne se mélangent plus, que leur salive, leur haleine, leur transpiration et toutes ces choses que l'amour efface, lisse, rend naturelles, inodores et incolores comme s'il s'agissait de soi, aujourd'hui qu'ils sont devenus insupportables d'altérité, la connaissance qu'ils ont l'un de l'autre les rend encore plus monstrueux l'un pour l'autre. C'est comme se regarder dans une glace et ne pas se reconnaître. On s'imaginait autrement. On se pensait mieux fagoté. C'est quoi cette tronche. C'est quoi ce bide. C'est insupportable. François sent chez Cécile l'indifférence presque hostile qu'il lui inspire, il voit les yeux qui ne veulent plus croiser les siens, l'évitement embarrassé, il sent si fort l'indifférence de leurs corps, l'absence de désir, ce désir qui a fondu, qui s'est dissous, mais dans quoi ? Ils se connaissent trop bien pour ne pas savoir exactement ce qu'ils pensent quand ils se voient, il n'y a aucune place pour la séduction, pour l'espoir, pour l'ornement, pour le masque. Même se faire la bise n'est plus possible, ce serait indigne d'eux, trop ou pas assez, on ne peut pas avoir été *eux* et se claquer la bise comme de vagues connaissances. Cécile et François, allons, ce n'est pas sérieux. Il faut les avoir vus ensemble pour se rendre compte. Alors, ils se saluent de la main, comme des connaissances. C'est ça qu'ils semblent être devenus l'un pour l'autre : des connaissances.

Pour l'heure, ils n'arrivent plus à se parler, à échanger. Tout est motif à élever la voix. Cécile se met à pleurer, François s'agace, c'est qu'elle ne comprend rien aussi, et puis elle ne répond pas aux questions, et lui peut être si cruel, si tranchant, un regard noir, furieux, des sourcils froncés. Toujours la même chose. Alors, une nuit, Cécile s'est encore une fois réveillée vers cinq heures du matin et n'a plus réussi à se rendormir. À cette heure qui est celle des insomniaques, des yeux gonflés et des minois froissés, l'heure de ceux qui savent que la nuit n'est pas un oubli de soi, pas une pause, mais au contraire une traversée, une chevauchée à bride abattue, que c'est un miracle qu'on en sorte chaque matin sain et sauf, sans bleu ni éraflure, cette heure de la tête bouillante, de la tête folle de trop de pensées, de trop de terreur, de trop de ténèbres, à cette heure des monstres oui : Cécile a l'idée de l'*Hôtel du bord des larmes*. Elle en a entendu parler à la radio, une collègue a dû lui faire la blague au bureau, au début elle s'est dit *jamais de la vie*, puis l'idée a germé en elle comme une mauvaise herbe, elle y repense de temps à autre, après tout n'est-ce pas la solution à leur incapacité à se parler sans se fâcher, n'est-ce pas en réglant d'abord le concret qu'ils assainiront le fond ? Et peut-être que là-bas ils y arriveront, loin de leur ancien appartement où les murs semblent soudain avoir pris une teinte de salissure, c'est crade soudain, c'est moche soudain, les radiateurs ont léché la peinture pour la maculer de suie, les tableaux et les cadres de photos décrochés ont laissé des béances blanches, comme autant de fenêtres qui ne s'ouvriront jamais plus.

Quand Cécile en parle à François le lendemain, quand elle lui propose de venir passer un week-end à l'hôtel pour divorcer, d'abord il rit, de toute façon c'est ça ou se mettre à chialer. Il ne veut pas chialer devant Cécile, il s'imagine encore que ça pourrait lui faire plaisir, qu'elle aurait l'impression de gagner, de dominer. Il en est encore là. Alors il rit. Jamais, dans leur vie d'avant, elle ne lui aurait proposé une chose pareille dans un endroit pareil. Jamais elle n'aurait voulu mettre les pieds dans ce genre de trucs, même les parcs d'attractions elle avait du mal, même Center Parcs ça lui faisait peur, les fêtes foraines lui donnaient envie de *se jeter par la fenêtre* carrément, quant aux cirques elle en gardait un souvenir de clown triste et d'odeur de chien mouillé, elle le disait elle-même, elle le disait tout le temps, mais alors qu'est-ce qu'il s'était passé, bordel ? Où et quand Cécile avait cessé d'être Cécile ? Avait-il aimé une étrangère pour qu'elle lui propose ça ?

Alors, finalement, après le rire, toujours pour ne pas se mettre à chialer, il avait dit *d'accord*.

2

Ce week-end, ils sont un couple, mêlé à d'autres, ces autres que l'on dit *normaux*, qui viennent passer des vacances et qui ne sauront pas que cet homme et cette femme qui dînent seuls en regardant leur téléphone vivent les deux jours les plus étranges de leur vie. Ils ignoreront que cet homme attablé en terrasse a fait l'amour pendant plus de dix années avec cette femme croisée dans l'ascenseur, qu'il sait tout d'elle, qu'ils ont un enfant ensemble, qu'ils n'arrivent plus à se parler, à se regarder, qu'ils se disputent la voiture, qu'elle a jeté ses affaires par la fenêtre, qu'il a fouillé dans son téléphone quand elle prenait sa douche, qu'elle a consulté sa boîte mail sans qu'il le sache. Ils ne sauront rien et ce sera tant mieux. Le chagrin est parfois soluble dans le bonheur des autres.

Après avoir déposé Valentine chez sa grand-mère, François se gare sur le parking de l'hôtel. Portière qui claque trop fort. Petit bagage. Démarche élastique. Attitude flegmatique. Sourcils froncés. De l'allure, indéniablement. Le sait un peu trop, probablement. Sympa à l'accueil. Il ne peut pas faire autrement qu'être sympa, il est comme ça François, *comment vont vos enfants, et vos parents ça va, et cette jambe alors, les vacances c'est pour bientôt*, mais sarcastique tout de même, attention on a sa fierté, jugeant d'un œil circonspect tout ce qui l'entoure, allant jusqu'à la remarque un peu gênante *où est la chapelle du désamour ?* ou *je peux avoir la suite « Elizabeth Taylor et Richard Burton » s'il vous plaît ?* Ce genre de blagues.

Le jeune homme à l'accueil, Julien, dix-neuf ans au bas mot le pauvre chéri, semble n'avoir jamais mué, ce qui lui donne bien trois ans de moins. Il ne sait pas comment répondre à cet homme qui parle un peu fort et fait des blagues pourries, du moins qu'il ne comprend pas, ce qui à dix-neuf ans revient au même. Julien cherche fébrilement la réservation de François. C'est son troisième week-end en tant que réceptionniste à l'*Hôtel du bord des larmes*, un chaton en somme. Il ne maîtrise pas encore complètement le logiciel de réservations, les codes couleurs ne lui sont pas tout à fait familiers, si bien qu'il ne saisit pas du tout le sarcasme, l'ironie, l'acidité de cet homme qu'il ne connaît pas. Il panique un peu, on panique vite à dix-neuf ans, il faut voir avec quelle rapidité le corps se met à suinter, les pommettes à s'embraser, les mains à s'affoler, l'esprit à se perdre, cherchant la sortie de secours, et la voix qui déraille à nouveau, dix-neuf ans quelle affaire. François n'est pas un mauvais bougre, il connaît ça, lui aussi a été un jeune homme mal à l'aise, souvent gêné, souvent timide, souvent maladroit, regardant le monde avec crédulité, ne sachant comment l'appréhender, craignant de s'y jeter et de s'y noyer aussi sec, d'y couler comme un plomb avant d'avoir pu ouvrir la bouche. Il a fallu prendre des chemins de traverse, ruser même à l'occasion, et puis à d'autres moments il a fallu trancher dans le vif sans minauder, prenant le risque de se brûler, voire d'y rester. Il a fallu être vaillant, il l'a été, pas toujours mais il l'a été. Julien retrouve enfin la réservation de François, à côté de son nom est écrit *Hôtel du bord des larmes*, en rouge, on ne peut pas passer à côté. Soudain, il comprend les blagues pourries, la chapelle du désamour tout ça, soudain, on a allumé le plafonnier de la cave. Alors, Julien sourit enfin, il regarde François et il lui sourit, et puis il réalise et arrête de sourire, il prend un air grave qu'il imagine de circonstance : le divorce c'est moche tout de même, son tonton et sa tata ont divorcé quand il avait six ans, il se souvient, ça avait fait toute une affaire dans la famille, aux repas du dimanche on ne parlait plus que de ça, chacun se fendant d'une explication, d'un avis sur la question. Tout devenait signifiant, et cette moustache tout de même, ça m'a toujours semblé louche, et cette secrétaire, et ce collègue, et cette calvitie précoce, et ces absences, et ces sorties, et ce mépris, et ce regard qu'elle avait parfois, ça ne trompe pas. Tout ça.

Il est embarrassé, c'est son premier divorcé, on ne lui a pas vraiment expliqué, il n'a pas eu de formation sur cette question. Instinctivement, il pense au personnel des pompes funèbres à l'enterrement de son père, il se dit qu'il devrait se comporter un peu ainsi, avec compassion et discrétion, regard sur le côté et mains derrière le dos, cheveux gominés et chaussures vernies. De ce jour, il garde un souvenir brumeux, cotonneux, une moiteur de fin d'automne, des voix qui se brisent quand elles s'adressent à lui, ses cheveux qu'on ébouriffe, comme pour être sûr qu'il est bien en vie, lui. On n'ébouriffe pas les morts, au contraire, on les peigne comme des communiants, comme des premiers de la classe, c'est qu'il faut être sage dans l'au-delà. Dans ce brouillard pourtant, il se souvient de cette présence sombre et anonyme, celle des hommes des pompes funèbres. Ils avaient tous la même tête, tous le même sourire, ils étaient interchangeables. Quand ils s'étaient baissés pour porter le cercueil, Julien avait aperçu la gomme se détacher de la semelle de la chaussure de l'un d'eux, pourquoi son regard avait été attiré par ça il l'ignorait, il avait aperçu ça alors qu'il aurait dû penser à son père, à son petit corps de vieux dans le cercueil, il avait aperçu ça et il avait eu envie que ça n'existe pas, que ça ne soit pas possible, il aurait voulu que ces gens soient là par conviction, par amour désintéressé, par empathie profonde, pas parce que c'était leur boulot, pas parce qu'il fallait bien aller au turbin. Soudain, il avait vu la racaille sous le costard, le voyou repenti sous les chaussures élimées en dessous, l'accent de banlieue sous les condoléances de circonstance : la violence de mauvais garçon domptée comme un félin de cirque, avec lasso qui claque et soumission forcée. Il avait vu la misère sous le costume noir bon marché, sous les cheveux gominés comme un parrain de la Mafia, il avait vu le boulot qu'on accepte parce qu'on n'a pas le choix, parce qu'on a eu des bricoles avec la justice, parce que le petit dernier a besoin d'un appareil dentaire, de baskets neuves, parce que le prix de l'essence a augmenté, parce que le prix du gaz a augmenté et que chez eux, il fait froid, il fait humide, et ces fenêtres qui ruissellent de condensation chaque matin. Alors, Julien avait fondu en larmes, tout le monde y avait vu l'émotion du deuil, de la perte, pauvre gosse perdre son père si jeune, mais non, c'était la faute à cette semelle bon marché qui laissait affleurer le réel sous le cérémonial, la faute à ce monde qui était si triste, si trivial et si triste, où il fallait payer des gens pour qu'ils viennent vous aider à enterrer vos morts, où il fallait enterrer des morts pour payer la cantine du gosse. Ce monde où il fallait s'habiller en costard bon marché pour cacher sa misère.

En rentrant chez eux le soir avec sa mère, hagards, épuisés de tristesse, silencieux de trop de mots, de trop de pensées, elle lui avait dit *ça ne te dérange pas si on ne dîne pas ?* Et sans attendre la réponse, elle lui avait ébouriffé les cheveux, l'avait embrassé, *n'éteins pas trop tard mon grand*, et était allée se brosser les dents. C'était la première fois qu'elle l'appelait *mon grand*. Depuis ce jour, Julien n'avait plus jamais mis de gel, plus jamais tenté de se coiffer, il avait cette tête d'oisillon hirsute qu'on lui connaît, petit subterfuge pour s'assurer qu'il est bien vivant. Il était devenu grand.

La pensée de Julien chemine ainsi, ça paraît long comme ça mais c'est très court en réalité, quelques secondes à peine. François n'a pas eu le temps de s'impatienter. Julien pense à tout ça, tout compte fait non, il ne va pas prendre un air grave de circonstance pour accueillir François, il ne va pas être le croque-mort de l'amour. Il va être lui-même, affable, gentil, respectueux, il a dix-neuf ans, c'est son premier boulot. Alors il adresse un grand sourire à François et lui dit *bienvenue monsieur, je vais vous amener à votre chambre.* Il fait comme si de rien n'était. François, cet homme sensible à la gentillesse, aux attentions, au sourire de l'inconnu, à la porte qu'on retient dans les magasins, à la place qu'on cède au petit vieux, François qui, comme tout le monde aimerait parfois que la vie gifle moins, blesse moins, François, ce cœur blessé et mal recousu dissimulé sous l'homme sûr de lui, reçoit ce sourire comme une caresse. C'est moins pire que ce qu'il pensait ici, finalement.

3

Bien sûr, Jeanne avait entendu parler du coup de foudre. Les films ne parlent que de ça, les chansons ne parlent que de ça. Combien de fois a-t-elle imaginé ce que ça pouvait être : une flèche, un poignard, un éclair dans le cœur ? Cette brèche, ensuite, qui ne peut être comblée que par les baisers, que par le sexe, que par l'autre. Une dévoration. Une combustion. Elle pensait alors que c'était une invention pour jeune fille romantique et frustrée, que c'était une machine à histoires niaises et gentilles, ces romans qui parlent d'amour et de bienveillance, vous savez.

Mais Jeanne, le coup de foudre, elle n'y croyait pas. Et ces romans, elle ne les lisait pas. Pour tout dire, elle trouvait ça mièvre, cette idée d'anévrisme du cœur qui vous happe sans vous laisser le choix, comme si nous n'étions que des êtres de papier sans libre arbitre, sans cerveau, mus par leur seul besoin d'amour. Ce mystère. Cette énigme. Ceux qui l'avaient vécu et ceux qui ne savaient pas. Elle se sentait un peu rosse et revenue de tout de ne pas y croire, pleine de cette légère aigreur que les années saupoudrent en nous et qu'on appelle communément *sagesse*.

Pourtant, ce soir-là, ça lui tombe dessus.

Jeanne se rend dans la chambre d'un des futurs divorcés, François. Elle a consulté son dossier rapidement avant d'arriver à l'hôtel en prenant son petit déjeuner. C'est un dossier classique. Les futurs divorcés, Cécile et François, ont réussi à se mettre d'accord sur la garde de leur fille mais ils n'arrivent plus à se parler, ils n'arrivent plus à se voir, pourtant il le faut bien : ce que l'amour a fait mourir, la famille qu'ils étaient les oblige à le laisser en vie. Pendant que Jeanne lit ça, chez elle, dans son petit appartement, à 8 h 15, heure à laquelle il faut mettre les chaussures, les manteaux, les écharpes et les bonnets, heure à laquelle il faut partir pour l'école, ses enfants, Louise et Elias, lui tournent encore autour en chaussettes, parlant sans cesse, chacun cherchant à capter son attention, les mots trébuchant à la sortie de leur bouche comme autant de cailloux à la surface de l'eau, ricochant, coulant, se heurtant, jusqu'au borborygme incompréhensible, jusqu'à la bouillie de mots. Dans cette agitation quotidienne qui est la leur depuis qu'Ismaël ne vit plus avec eux, Jeanne se sent dépassée, débordée par les tâches à accomplir, par les lessives à faire, puis à étendre, puis à plier, puis à ranger, et c'est déjà reparti pour une autre, si bien que c'est sans fin, l'étendoir trône dans un coin du salon comme un animal de compagnie encombrant qui aurait passé trop de temps sous la pluie. Cette odeur de chien mouillé, tout le temps. Jeanne a des rêves de buanderie, de sèche-linge, d'appartement vaste et lumineux, si grand que le quotidien ne s'y voit pas ou à peine. Elle rêve non pas d'avoir de l'argent mais de ne plus y penser, ce qui revient au même.

Souvent, le soir, une fois les enfants couchés, la vaisselle lavée, le salon-chambre rangé et après avoir crié pour un verre d'eau renversé ou du dentifrice écrasé, elle sanglote sur son canapé, dans l'appartement devenu brusquement silencieux. Tellement silencieux qu'elle retourne dans la chambre de ses enfants et, dans la pénombre, s'assoit par terre, sur le tapis moelleux, pour écouter leur respiration, pour regarder leurs petits corps chauds roulés en boule, leurs cheveux emmêlés, leurs nuques moites, leurs petits poings serrés sous la couette. Elle s'approche de leurs oreilles et, dans la profondeur, dans la quiétude de leur sommeil d'enfant, leur susurre des mots d'amour, leur chantonne des chansons, leur récite des poésies qu'elle pensait oubliées : histoires de petites filles malicieuses, de racines d'arbres géants, de farfadets facétieux, d'oiseau-lyre et de philtre d'amour, de boule d'or et d'onde transparente, de crapauds bavards et de princesses dégourdies. Puis, quand elle a fini, sa main caressant leurs cheveux, elle leur jure solennellement de ne plus jamais élever la voix, de ne plus jamais être excédée, dépassée, agacée. Jamais ils ne s'éveillent. En refermant la porte de leur chambre, elle se rêve à nouveau mère-sourire, mère-patience, mais aussi femme-travail, femme-séduction. Tout à la fois. La tête pleine de ces pérégrinations oniriques, de cet amour tout neuf, elle reprend espoir. Jusqu'au lendemain matin. La vie de Jeanne désormais, c'est ça. Rêver à une autre Jeanne, sangloter de n'être que Jeanne. Murmurer des mots d'amour et de poésie à l'oreille de ses enfants endormis. Elle est si loin de la jeune fille de quinze ans qu'elle était.

L'hiver de ses quinze ans, les parents de Jeanne l'emmènent en vacances à la montagne. Ils veulent observer des marmottes à la jumelle, porter des chaussures de randonnée et des sacs à dos Vieux Campeur, louer des raquettes et faire du ski de fond. Jeanne, alors, les pense très vieux. Bien sûr, ils n'ont que quarante ans, son âge aujourd'hui. Pour que Jeanne apprenne à faire du ski, ils l'ont inscrite à un cours collectif de ski alpin, tous les jours. Le moniteur s'appelle Greg, il a dix-neuf ans, il porte un fuseau rouge moulant, des traces d'acné effacées par le bronzage. Jeanne ne sait pas si Greg est le diminutif de Grégoire ou de Grégory, mais Greg, c'est plus classe. Le dernier soir, Greg propose à tous ses élèves de passer au Slalom, la boîte de nuit du coin. Jeanne s'y risque, ses parents sont d'accord, après tout il faut bien qu'elle s'amuse un peu. Greg est là, il fait danser Jeanne, ils boivent du Baileys, c'est la première fois que Jeanne y goûte et elle aime bien, elle s'enivre, elle se sent jolie, elle se sent regardée, les basses du Slalom sont si puissantes que quand Greg l'entraîne dehors pour prendre l'air, elle n'est que bourdonnements, pulsations, battements de cœur. Elle n'est pas certaine d'avoir été aussi vivante de toute sa vie. Dans le froid glacial de la nuit, Greg l'embrasse, il la prend par la main et l'emmène dans sa petite chambre de saisonnier qui sent les chaussettes de ski et le bois non traité, il l'allonge sur le lit, enlève son fuseau moulant et c'est les cuisses d'un homme qu'elle découvre, des cuisses musclées, velues, des cuisses qui lui font un peu peur. Elle n'ose pas lui dire qu'elle n'a jamais rien fait avec personne mais qu'elle en crève d'envie, qu'elle est prête à tout mais, pourtant, elle est si malhabile qu'elle ne bouge plus, qu'elle le laisse tout faire, il n'a pas l'air de s'en rendre compte de toute façon. Au moment où il la pénètre, Jeanne se voit de l'extérieur, les cuisses écartées, la culotte encore accrochée au bout du pied gauche, elle entend les halètements de Greg dans son oreille, et elle ne ressent rien, ni plaisir ni douleur, rien qu'une étrangeté, qu'une incongruité. Après, elle se rhabille pour rentrer chez elle, parce qu'il faut bien rentrer, Greg ne propose pas de la raccompagner et soudain elle se demande si elle a bien fait, ses yeux à lui sont moins rieurs soudain, son ton moins enjôleur, il lui dit bonne nuit, il lui fait la bise, elle ne savait pas que c'était possible ça : faire l'amour puis se faire la bise, après. Elle marche dans la nuit noire, la montagne au loin paraît soudain si grande, si menaçante, quelque part résonnent les rires de fêtards brûlants de coups de soleil, la neige crisse sous ses chaussures de petite citadine naïve et déflorée, elle a froid, entre ses jambes quelque chose coule, elle ne sait pas ce que c'est, et dans ses yeux, un liquide qui ressemble à des larmes. Quand elle rentre, ses parents sont encore devant la télévision, ils boivent de la tisane et lui demandent *alors c'était bien ?* Elle répond oui, elle ment, elle s'invente une copine avec qui elle a dansé toute la soirée, un sacré numéro celle-là, trop marrante, bien sûr elles ont échangé leurs téléphones. Dans la chaleur de son lit, dans cette chambre qui n'est pas la sienne recouverte de moquette et de posters de dauphins, Jeanne cherche à effacer les images, l'odeur, le sourire de Greg, ses halètements. Elle entend ses parents qui vont se coucher, elle se demande s'ils font encore l'amour. Il lui est impossible de les imaginer. Enfant, elle n'a jamais perçu un souffle suspect, une attitude équivoque, un regard qui aurait laissé entendre qu'il était temps que la petite aille vite se coucher, que c'était l'heure des grands, une histoire oui mais une seule alors et au pas de course. De temps à autre, elle a aperçu sa mère nue, de temps à autre, la porte entrouverte de la salle de bains laissait échapper la moiteur et le reflet dans le miroir de ce corps voilé de buée, ce corps sans féminité, sans poids, sans façon, ce corps utile, pratique, ce corps Vieux Campeur.

Jeanne s'est toujours figuré qu'elle était née d'une étreinte aussi sage que furtive, parce qu'il faut bien le faire, parce qu'il faut bien avoir des enfants, parce que faire l'amour c'est important, le ciment d'un couple, tout ça. Elle s'est toujours imaginée être le fruit d'une bonne conscience. Elle s'est toujours imaginé ça avec un certain dédain, sachant d'emblée qu'elle ne serait jamais ce couple-là, cette bonne conscience-là. Elle craignait aussi que cette tiédeur supposée, cette absence de fièvre ne soient inscrites en elle comme une maladie dans les gènes, saloperie familiale qui bousille le pancréas ou les poumons de mère en fille.

Si elle savait, pourtant, que ses parents se sont aimés dans toutes les pièces de l'appartement où elle a grandi, plusieurs fois par jour même, qu'ils ont fait l'amour avec un couple rencontré à l'époque par Minitel, un couple qui aimait lui aussi beaucoup la randonnée, le grand air et le Vieux Campeur mais qui adorait aussi les parties fines et les boîtes échangistes. Ils ne l'ont fait qu'une fois, tout de même ils ne s'étaient pas sentis à l'aise, mais ils y ont repensé beaucoup, en ont reparlé un peu, avec un mélange de rire et d'excitation, de frousse rétrospective aussi, *heureusement qu'ils étaient sympas*. Mais Jeanne ignore alors que les lignes qui définissent une personne sont floues, mouvantes, qu'il est souvent impossible d'en dessiner le contour, comme on suit un tracé du doigt, qu'il y a des doubles-fonds, des trappes, des recoins et des portes dérobées, elle ignore qu'il est des personnes comme des jeux de piste, comme des labyrinthes, et qu'il n'y a pas d'issue.

Ce soir donc, le dossier de François et Cécile sous le bras, Jeanne marche dans le couloir de l'*Hôtel du bord des larmes* où elle travaille depuis plusieurs années, sans réel plaisir mais dans un confort qui la rassure, qui la protège, qui la console même, parfois, du chaos du monde. Ici, rien ne peut arriver de dangereux, de néfaste, de douloureux. Ici, rien ne l'atteint ni ne la transperce. Ce n'est qu'un travail. Elle s'occupe des futurs divorcés depuis le début, elle venait de se séparer d'Ismaël quand l'hôtel a ouvert, on cherchait des personnes compétentes, sensibles, psychologues pour s'entretenir avec les futurs divorcés, des personnes qui savent combien de vies il y a dans une vie. Des personnes qui savent comme les épreuves fatiguent, usent, ternissent les cœurs les plus doux, les plus vaillants, les plus purs, qui savent que la brisure fragmente, fissure et qu'après, eh bien il faut colmater, apprendre à marcher avec, s'adapter, qui savent comme c'est long, comme c'est infini et comme on ne peut pas le dire, comme le monde n'est pas prêt à entendre que pour se remettre d'une blessure d'amour, mais il en est de même de toutes les blessures, de tous les deuils, n'est-ce pas, ça ne se compte pas en jours, ni en mois, mais en années. En vie parfois.

Des personnes qui savent ça.

Elle est allée aux entretiens, il y en avait plusieurs, avec des personnes différentes, elle a eu le poste.

Jeanne frappe à la porte, trois petits coups discrets. François lui ouvre et la précède dans l'étroit corridor qui mène à la chambre. Il a si peu envie d'être là qu'il ne prend même pas la peine de se présenter, de saluer, de montrer son visage. Tout de suite Jeanne voit son dos, pas son visage mais son dos, et tout de suite elle sent, elle sait, elle perçoit le mépris qu'elle lui inspire. Enfin pas *elle*, Jeanne, mais ce qu'elle représente : ce boulot-là, dans ce lieu-là, dans cette société-là, dans cette vie-là où l'on a été un petit garçon grisâtre, rondouillard, puis un jeune homme peu assuré, timide avec les filles, puis un homme amoureux, puis un audacieux, puis un confiant, puis un conquérant, avec une famille qui fait envie, qui rend fiers ses parents. Et puis à présent, cet homme entre deux âges, qui ne sait pas s'il est encore jeune ou déjà un peu vieux, qui divorce, qui a été une famille et qui ne l'est plus, qui a été rassurant pour les autres et qui ne l'est plus, qui a été confiant et qui est brisé. François est de ces personnes qui pensent que le mépris ne se voit pas, ne se sent pas, qu'il n'a ni visage ni odeur, qu'il est comme une aigreur, comme une acidité et qu'il suffit de l'avaler pour le digérer. Pourtant, ça pue le mépris, c'est terrible comme ça pue, comme ça se respire, comme ça se voit, elle est comme ça Jeanne, il lui suffit d'un regard, d'une moue, d'une attitude et elle a l'impression de savoir, de comprendre. Lorsqu'elle était adolescente, ses amies se fichaient d'elle, la traitant de sorcière, de rebouteuse, Jeanne riait, disait *n'importe quoi*, mais en réalité elles avaient raison, il n'y avait rien de surnaturel chez elle bien sûr, mais cette acuité, cette sensibilité dont elle n'arrivait pas à se départir, cette mémoire aussi, colossale, impressionnante, ce qu'elle sentait chez les autres, au premier regard. Cette compréhension immédiate de l'autre, de ses émotions. Appelez ça comme vous voulez : *instinct*, *intuition*, *empathie*.

Arrivé dans la chambre, François s'assoit sur un fauteuil, il regarde Jeanne sans vraiment la voir, elle n'est personne cette fille, il attend qu'elle déroule la marche à suivre, il se laisse faire avec la mauvaise volonté affichée de l'enfant grognon. Jeanne voit son visage, mais ce n'est pas là que *ça* se passe, que *ça* se produit, ce n'est pas son visage qui crée l'évidence, qui crée l'étincelle. C'est son cou, c'est sa nuque, la couleur de sa peau et sa voix, cette voix profonde, grave, un peu abîmée par la cigarette peut-être. Cette addition-là. Il parle à Jeanne, elle n'entend rien, elle est absorbée par cette peau, elle en imagine l'odeur, le goût, elle imagine sa tête dans ce cou, dans ses cheveux, avec la voix qui dirait des mots d'amour, de plaisir, de désir. Ça n'a rien d'intellectuel, de raisonné, ça ne passe pas par son cerveau, c'est son corps qui parle, qui a chaud, qui transpire. Soudain, tout se brouille, la tête lui tourne, elle s'affaisse doucement contre un mur, en s'excusant, comme au ralenti, elle a un petit sourire las et poli. Elle n'a pas peur, c'est juste un peu trop cet appel d'air, ce brutal retour à la vie, le temps se remet en bonne marche, le présent existe à nouveau, dense, concret, matière à modeler, à sculpter, à bâtir. Elle se pensait endormie à jamais, le cœur en hiver, assoupi, bien au chaud, attendant que la neige passe, que le froid passe, que la vie passe, surtout ne pas souffrir, surtout ne pas se briser à nouveau, tenir comme ça, en équilibre, dans cette douceur un peu résignée du renoncement. Juste la vie, comme une rivière docile, apprivoisée. Elle avait oublié son exigence d'adolescente, elle avait mis ça sur le compte de sa naïveté quand il s'agissait d'innocence. Elle avait l'impression d'être vieille et sage. Il lui semblait voir les autres de loin, figurines miniatures d'un théâtre de marionnettes charmant et inoffensif.

François se lève, va chercher un verre d'eau, c'est quoi cette fille, c'est qui cette fille, ça n'arrive qu'à moi ce genre de trucs. Il la fait boire à petites lampées, très doucement, puis l'allonge par terre, lui met les pieds au mur, il a vu ça quelque part. Jeanne le remercie, lui dit qu'elle voit trouble, François s'inquiète, va chercher de l'aide, il appelle dans le couloir, hèle une femme de chambre, il craint l'AVC, la crise cardiaque. Mais il n'y a personne, alors il appelle la réception, c'est Julien qui répond, c'est Julien qui se précipite. Il considère Jeanne comme sa patronne, il n'a pas encore bien compris les rapports de hiérarchie. Quand il arrive, Jeanne s'est relevée, un pcu chancelante, elle s'est assise sur le lit, elle a moins chaud, elle voit à nouveau, elle se sent mieux. Julien s'assoit à côté d'elle, lui prend instinctivement la main, il veut bien faire, il ne sait pas qu'on ne fait pas ça mais il s'en fout Julien, il a dix-neuf ans, il attend que la vie dessine ses limites à la craie sur le trottoir, comme une marelle d'enfants. Ils sortent de la chambre, bras dessus bras dessous. La porte se referme sur eux, François voudrait les accompagner mais Julien refuse, il faut rester professionnel. Jeanne ne dit même pas au revoir. Souvent, elle repensera à ce moment, à ce coup de foudre, se demandant si le temps ne l'a pas amplifié, ne l'a pas gonflé à l'hélium comme un ballon de fête, si son esprit n'a pas enluminé ce qui n'était qu'un vulgaire malaise vagal. Elle se dira que l'amour n'est, encore et toujours, qu'une question d'interprétation.

4

Quand ils arrivent dans son bureau, c'est déjà fini. Jeanne se sent mieux, seuls restent la honte et l'éblouissement, les deux ensemble. Elle remercie Julien et le congédie. Il insiste un peu mais, devant la gêne de Jeanne, s'éclipse. Elle ferme sa porte à double tour, enlève ses vêtements humides de sueur, un à un, les met dans un grand sac-poubelle, et enfile une tenue de rechange qu'elle garde toujours, au cas où. Un jogging gris, trop grand pour elle, portant la mention arc-en-ciel *Sport is cool*, acheté en soldes avec l'intention de faire du sport, trop grand parce qu'il n'y avait plus sa taille, parce que tout de même dix euros c'est pas cher, parce que au pire elle le mettra le dimanche, parce que après tout faire du sport est peut-être vraiment *cool* (même si l'adolescente godiche qu'elle était, choisie en dernier lors de la composition des équipes de basket, sait bien que non). Et puis *ça se porte comme ça*, comme disait sa mère quand elle l'habillait des vêtements de ses cousins et retroussait les manches à trois reprises. En fait, ça ne se porte pas comme ça non, mais pour l'heure, elle veut juste changer de peau et reprendre ses esprits.

On est vendredi soir.

Jeanne devrait rentrer chez elle. Elle s'imagine chercher ses clefs, pousser la porte de son appartement, n'y trouver personne, en être surprise. Et ce silence. Louise et Elias ne sont pas là, c'est le début du week-end, jour de passation avec Ismaël, leur père. Ce jour, elle l'attend souvent une bonne partie de la semaine, non pour se débarrasser de ses enfants, mais simplement parce qu'elle sait qu'elle va pouvoir dormir, rester silencieuse si elle le souhaite, prendre des douches longues, aller au cinéma. N'être qu'elle. Oh rien d'incroyable. De la solitude, simplement. Pourtant, à la seconde où ils ont quitté l'appartement, le silence lui tombe dessus comme une tape derrière la tête. Elle passe l'aspirateur, range leur chambre, change leurs draps, respire leurs vêtements, classe leurs livres par tailles, leurs jouets par catégories. Quand tout cela est fini, elle admire son travail comme une œuvre d'art, un peu moins angoissée sur le moment, pas peu fière de cet écrin pour enfants imaginaires, silhouettes de livres d'images bien peignées et bien sages qui se tiennent toujours droites, ne foutent jamais le bordel et parlent doucement. Mais ça ne dure pas. Soudain, l'œuvre est trop lisse, la chambre trop rangée, l'atmosphère trop calme, les poupées trop bien peignées. Jeanne a l'impression que ses enfants ne reviendront jamais. Les chambres d'enfant sont si tristes quand personne n'y joue. Elle se revoit quelques minutes auparavant, brossant avec application une poupée aux cheveux longs et emmêlés pour lui faire une natte, elle glousse un peu, marmonne *non mais la pauvre fille*, se pense folle à lier, et dans un éclair de raison, elle qui la perd aussi vite qu'on lâche un ballon dans le ciel et qu'on rattrape toujours, de justesse mais qu'on rattrape, au dernier moment mais qu'on rattrape, va dénatter la poupée, déranger les peluches, désaligner les petites voitures. Remettre de la vie là où l'absence laisse une impression de mort. S'imaginer qu'ils vont revenir tout à l'heure, demain matin, que leur présence est à nouveau possible. Se dire que leur départ n'est pas définitif. Se raccrocher à leur retour. Elle laisse finalement la chambre dans un désordre fabriqué, ne sait pas si elle doit laisser la porte ouverte ou fermée, le chauffage allumé ou éteint. Elle se sent inutile, gourde, vivant une vie bancale, oscillant entre présence et absence, saturation et vide. Toujours en manque d'eux. Toujours en recherche d'elle-même. Dès le lendemain pourtant, le silence n'est plus cette absence qui pourrait l'effacer, la faire disparaître, mais au contraire un endroit de repli, de consolation, de survie. Elle se sent mieux, elle a dormi, elle a lu, elle a du temps, elle croit redevenir la Jeanne d'une autre vie, celle d'avant Ismaël, quand elle vivait chez ses parents et rêvait d'amour. Sur le papier, elle dirait que rien n'a changé, ou presque. Pourtant, avoir des enfants, aimer, ne plus aimer, travailler, prendre des gifles, apprendre à les esquiver ou à les recevoir : autant de sillons dans le cœur, dans le corps, autant de vallées, de fleuves et de ruisseaux, autant de grottes, de sources, d'oasis. Une personne comme une topographie, les années comme des reliefs. Et tous ces accidents. Et tous ces horizons.

Ce soir, rien ne l'oblige, donc, à rentrer chez elle. Seuls le silence et l'absence l'y attendent.

Elle reste ainsi dans son bureau. Elle pense à François, tape son nom sur Internet, pour voir. Elle a l'impression d'avoir quinze ans à nouveau, d'épier un garçon par en dessous dans la cour de l'école. Elle trouve une photo de lui jeune et chevelu sur un site de retrouvailles entre anciens élèves d'un même lycée, quelques papiers écrits dans un journal universitaire, une signature à une pétition exigeant la libération d'une opposante au régime totalitaire de son pays. Et les réseaux sociaux, bien sûr.

Il y a un profil à son nom, elle l'ouvre, espérant qu'il ne soit pas privé, pour pouvoir en toute impunité mater comme dans un film porno, regarder les photos, lire les commentaires, évaluer le nombre de ses amis, le nombre de femmes, leur âge, leur style, leur moue, leur chat, leurs cœurs avec les doigts, leurs révoltes. Tous ces gens qui ont un avis sur tout, et qui ont envie de le faire savoir. Tous ces gens qui savent, qui sont sûrs, qui s'affirment. Comment font-ils ?

Jeanne n'est pas déçue. C'est une mine. Beaucoup de photos de François, de sa fille, de ses amis, des films vus, des rues traversées, des émotions ressenties sur des livres lus, sur des personnes croisées. Aucune femme. Un journal de bord d'une vie ordinaire rendue extraordinaire par le regard de Jeanne. Jeanne avale tout, avec fébrilité, de peur d'être déçue, de le trouver con, moche, puéril, raciste, radin. Elle craint d'y découvrir des photos qui le condamneraient, qui lui feraient ressentir ce malaise des débuts de l'amour, cette faille qui peut parfois s'ouvrir en soi quand, au détour d'une conversation, d'une attitude, d'un mot, d'une remarque, d'une démarche, d'une odeur, l'autre sort de sa trajectoire de perfection, de désir, parce qu'il a dit une connerie, parce qu'il a ri au mauvais moment, parce que son hygiène dentaire est tout compte fait un peu douteuse, parce que dire *papa et maman* comme un enfant perdu à son âge ce n'est pas possible. Parce qu'il est un enfant perdu.

Jeanne attend la déception, l'espérant tout en la craignant, cherchant ce qui lui ferait comprendre qu'elle a perdu la tête, que François ne mérite pas une telle tocade, elle rêve de trouver la faille dans laquelle plonger pour pouvoir nager à contre-courant, revenir vers la berge, là où on a pied, regarder à nouveau vers le large, là où il n'y a ni rivage, ni récif, ni limite, regarder cet horizon et y voir le trop grand, le trop loin, l'inembrassable, penser que c'est là, dans cette immensité, qu'on disparaît, qu'on se noie. Jeanne cherche à regagner le rivage à tout prix, quitte à se griffer les mains sur les rochers, quitte à boire la tasse : tout de même, cette mèche un peu folle, cette façon de se trouver beau, d'étaler ses idées avec un aplomb agaçant, et puis toutes ces femmes qui le suivent, qui commentent. Il n'en faut pas plus à Jeanne : c'est un pauvre type. Voilà, c'est plié, acté, ouf, Jeanne se sent mieux, non mais qu'est-ce qui lui a pris ! La voilà, avachie en survêtement *Sport is cool* trop grand, à pivoter sur son fauteuil de bureau comme un zébulon, elle doit vraiment être désespérée pour s'attacher ainsi au premier venu. C'est mieux comme ça, pas de danger, pas de changement, la vie qui suit son cours, les enfants d'abord, la famille d'abord, la vie comme un fleuve, puis une rivière, puis un ruisseau. Puis le caniveau.

Elle sort de son bureau, prise d'une euphorie aussi soudaine que passagère, à peine marche-t-elle dans le couloir que sa solitude la saisit au col comme le bourdon du dimanche soir. Un peu abattue, sans enjeu, outre dégonflée, vidée d'espoir comme on manque d'élan.

On est vendredi soir.

Peu de temps après la séparation avec Ismaël, au début de ce nouveau rythme d'une semaine sur deux, Ismaël était venu récupérer les enfants un vendredi soir et, au moment de partir, en attendant l'ascenseur, Louise agitée dans ses bras, le bas de la chemise d'Ismaël s'était relevé, dévoilant un peu de son ventre, un ventre douillet, moelleux, rebondi, un ventre qui n'avait rien de plat et que Jeanne avait toujours adoré. Et soudain, comme on dévide une pelote, c'était le corps entier d'Ismaël qui lui était revenu, son odeur, sa peau, sa façon de bouger, de se déplacer, elle s'était dit qu'elle n'aimait plus Ismaël, qu'il ne lui manquait plus, mais ce qu'il restait, ce dont elle n'arrivait pas à se défaire, c'était son corps, elle l'imaginait avec une femme, avec toutes les femmes, et c'était ça qui la faisait le plus souffrir désormais, ce corps en pâture, en liberté, offert à toutes et interdit à elle. Alors, Jeanne avait voulu brouiller le souvenir, le troubler comme une eau stagnante, croupie, le rendre indéchiffrable, effacer les traces d'Ismaël sur son corps à elle, que quelqu'un d'autre s'en empare, l'investisse, l'explore, pour qu'il lui appartienne à nouveau. Elle avait pensé alors qu'elle n'avait personne *sous la main*, avait cherché rapidement qui pourrait faire l'affaire dans son entourage, quelqu'un qu'elle connaissait déjà, forcément. Elle voulait un chemin déjà emprunté, déjà balisé, sans surprise, sans frayeur, sans émotion, elle n'avait ni le courage ni l'énergie de rencontrer un corps neuf, un corps inconnu. Elle voulait juste qu'Ismaël ne soit plus le dernier, comme si cela lui donnait une forme de propriété, d'autorité dont il n'avait plus rien à foutre, et c'était bien ça qui était à pleurer justement. Jeanne avait alors rappelé un vieil amant d'avant Ismaël, pas vu depuis des années, à peine eu au téléphone, pour lequel elle n'éprouvait plus qu'une tendresse un peu supérieure : elle se sentait mieux que lui, elle s'était toujours sentie mieux que lui. C'était un gentil garçon, bonne pâte, qui parlait trop, fumait beaucoup et dont la mère épluchait encore les relevés de banque à quarante ans, ce dont il ne s'offusquait même pas. Il bossait dans une boîte d'assurances ou dans une banque, elle ne savait jamais, ne mangeait que des saucisses, de la viande rouge, des patates et des Danette au chocolat, il jouait à des jeux vidéo en réseau jusque tard dans la nuit ou passait des journées entières à lire dans un parc, il achetait encore des livres chez les bouquinistes et n'offrait que des vieux poches à la tranche rouge, jaune ou bleue. Bien sûr, il n'avait pas d'enfants, il ressemblait lui-même à un enfant qui aurait grandi et c'est ce qui avait plu à Jeanne quand elle l'avait rencontré à vingt ans : avec lui, il ne pouvait rien se passer de bien méchant, c'était rassurant, doux, cotonneux et totalement angoissant, si bien qu'au bout de deux mois elle était partie. Il s'appelait Félix et avait tout de suite répondu au texto de Jeanne ce vendredi soir-là. Il était arrivé un peu tard dans la soirée, une bouteille de champagne à la main. Il avait grossi, avait toujours son gentil sourire et sa verve de vieil adolescent, avait un peu perdu ses cheveux, avait une tristesse nouvelle au coin des yeux, comme une lassitude, comme une résignation que les années auraient laissées en cadeau. Il avait pris Jeanne dans ses bras, l'avait embrassée, l'avait caressée, lui avait dit *t'es tellement canon*, il avait l'air réellement surpris et Jeanne avait été prise d'un fou rire, ça faisait si longtemps que personne ne lui avait dit ça de cette façon-là. Le sexe avait été tendre, pas fabuleux, mais ça n'avait aucune importance, Jeanne avait eu l'impression de reconquérir un territoire, le sien, comme on se désenvoûte. Le lendemain matin, un samedi pourtant, Félix était parti tôt pour aller bosser (en fait c'était dans une boîte de conseil). Sur le pas de la porte, il avait dit à Jeanne *appelle-moi de temps en temps si tu veux, j'ai du temps en ce moment*, et ils savaient l'un et l'autre qu'il avait toujours du temps et qu'elle ne l'appellerait pas.

On est vendredi soir, donc.

Jeanne attend l'ascenseur qui la mène au hall de l'hôtel. Les portes s'ouvrent sur Julien, face au miroir, cherchant à se recoiffer, visiblement désespéré par ses cheveux indociles. Quand il aperçoit Jeanne, dans sa tenue de jogging *Sport is cool*, la mine défraîchie par le malaise récent, le corps effacé par l'étoffe molle, il s'interrompt, se retourne, la salue et baisse les yeux, gêné. Malgré l'incident de tout à l'heure, le rapprochement, elle reste la patronne. Il ne faut pas transiger avec ça. Jeanne essaie pourtant de le mettre à l'aise mais il ne peut s'empêcher de lui parler avec déférence, de la vouvoyer quand elle le tutoie, de préserver ce lien d'autorité un peu scolaire, un peu daté, qui le rassure. Il la voit comme une femme, comme une adulte, il la trouve belle comme on trouve belles les grandes personnes quand on se sent encore petit. À un copain, il a dit en parlant d'elle, *elle est bien pour son âge*. Jeanne a quarante ans. Elle pense qu'elle a l'air plus jeune, qu'elle pourrait presque se faire passer pour. Quand ses enfants sont nés, elle promenait sa poussette avec fierté et cette inquiétante étrangeté de la mère toute neuve, persuadée que tout le monde la prenait pour la baby-sitter. Elle avait pourtant plus de trente ans. Mais, en ce vendredi soir déguisé en dimanche, elle n'a plus le courage de le mettre à l'aise. Alors ils se sourient gentiment et descendent ainsi, dans ce silence toujours épais des ascenseurs. Julien voudrait dire quelque chose, lui montrer que l'incident de tout à l'heure est déjà oublié, que *Sport is cool* il ne l'a même pas remarqué, qu'il saura se montrer discret. Jeanne l'impressionne mais il ne supporte pas que les gens ne soient pas bien, il se sent toujours un peu responsable, toujours un peu coupable, il voudrait consoler la terre entière de ses maux, porter toutes les douleurs, endosser toutes les souffrances, il se sent fragile et c'est pour ça qu'il se sent de taille. La fragilité n'est pas une faiblesse, c'est le lieu de la délicatesse, de la brisure, de la douleur, de la compréhension. C'est un torrent aux berges fertiles. Il est de taille, oui. Un instant, il a envie de la faire rire, de lui parler en verlan, rapport à son jogging. Mais non, ce n'est pas une bonne idée, tout de même Julien, non.

Alors il dit *mes grands-parents avaient une habitude que j'adore, ils s'embrassaient sur la bouche dès qu'ils prenaient l'ascenseur, même en présence d'autres gens, même quand ils étaient presque morts, même quand le baiser était donné du bout de lèvres si pincées par le temps qu'il n'était presque plus un baiser. Ils sont restés mariés soixante-dix ans, je sais bien que ça n'a rien à voir avec ça, je me doute que leur amour ne s'est pas nourri que de sentiments purs, qu'il y a forcément eu des compromis, des lâchetés, des agacements, d'autres corps peut-être, d'autres regards sûrement, des questions forcément, mais tout de même, ce baiser de l'ascenseur, ça m'a toujours réconforté.*

Jeanne lève la tête, regarde Julien, étonnée. Et soudain, il réalise le double sens possible, la grivoiserie sous-jacente, la drague lourde déguisée en anecdote mignonne. Oh le con, oh la gaffe, c'est pas croyable ce qu'il peut balancer comme conneries, sa mère ne cesse de le lui dire mais il s'obstine, il lui faudrait apprendre quand l'ouvrir et quand la fermer, comprendre quand faire des blagues et quand regarder ses pompes, il se demande pourquoi la vie ne lui a pas appris ça, le tact, la délicatesse, pourquoi il est si mal élevé, merde à la fin. Sa pensée s'emballe, soudain il se voit menotté, habillé en orange comme aux États-Unis, devant rendre des comptes dans un quelconque tribunal, déambulateur et joues balafrées de cicatrices d'acné (qu'il aurait eue en syndrome post-traumatique, une acné de stress en somme), plaidant pour sa défense, c'était pour la réconforter, c'était gentil, je vous jure. Et, dans le même mouvement, il pense : si ses grands-parents avaient su que Julien racontait cette anecdote, ils en auraient été heureux, peut-être même auraient-ils été fiers de savoir que leur amour avait ce pouvoir de consolation, eux qui étaient si gentils, à qui la vieillesse avait donné un air naïf, innocent (ils ont tout de même eu six enfants, la naïveté a ses limites). À la fin, ils ressemblaient à deux vieux enfants gourmands et facétieux, riant sans raison devant *Des chiffres et des lettres*, en robe de chambre et casque audio beuglant sur les oreilles, n'aimant rien tant que les choses sucrées, tétant du whisky le soir pour avoir moins peur de la nuit, comme les bébés, comme les écrivains. Julien a encore tant à apprendre. Il lui faudrait un nuancier quand il ne semble voir que les couleurs primaires. Il sait pourtant : un homme et une femme dans un ascenseur, il sait que c'est à lui de rassurer, il le sait parce qu'il le comprend, parce que les hommes ont l'avantage du corps, de la force physique, parce que c'est comme ça depuis toujours, parce que trop d'hommes en ont profité, comme ces chiens qui se branlent sur n'importe quelle jambe, peluche, coussin, parce qu'ils ne peuvent pas faire autrement, parce que cette jupe tout de même, si c'est pas un appel ça, je n'y comprends rien.

Et alors qu'il va pour s'excuser, encore, décidément Julien passe son temps à s'excuser, Jeanne le regarde et pouffe de rire. C'est comme s'il devenait enfin une personne, comme s'il n'était soudain plus le petit jeune aux cheveux ébouriffés, à la peau glabre rasée de trop près, à l'after-shave trop puissant, cette *senteur boisée fraîcheur dynamique* des eaux de toilette de supermarché, cette virilité de papier qu'il est si difficile d'incarner quand on a dix-neuf ans, cette enveloppe vide qu'il faut bien essayer de remplir, parfois à coups d'haltères et d'abonnement cher jamais rentabilisé dans une salle de sport (*alors qu'il suffit de venir une fois par semaine, franchement une fois par semaine c'est faisable, je suis sûr d'y arriver*). Soudain, Julien devient quelqu'un pour Jeanne. Elle rit et c'est fou comme son visage change de dimension, tout s'éclaire, tout prend vie, tout se plisse, du menton au front. Disparus la distance, le regard vide et l'autorité, elle a de la lumière dans les yeux, elle lui dit *merci*, dans un souffle et puis, quand les portes s'ouvrent sur le hall et qu'elle en sort, elle regarde le nom sur le badge de l'uniforme et dit *bonne soirée Julien, à demain*. Les portes se referment. Julien se regarde à nouveau dans le miroir, se passe la main dans les cheveux, béat, cramoisi. Pas si con.

Chapitre 2

Samedi

1

Entretien de Cécile

Cécile entre dans la chambre, le regard baissé, fuyant presque. Jeanne ne l'imaginait pas comme ça. Plus flamboyante sans doute, plus brillante. On imagine toujours qu'un grand amour a de la gueule, du panache, qu'il recèle en lui ce trésor, ce mystère, vous savez. Ce qu'on ne peut saisir, capturer. Ce qui attise la curiosité, l'envie même. Ce qui semble incontestable. Jeanne s'était imaginé Cécile ainsi. Pourtant, Cécile trimballe son corps avec adolescence : dans l'étroitesse des hanches, dans la petitesse des seins, dans une forme de décontraction que d'aucuns pourraient qualifier de *molle*. Et puis Cécile s'excuse, Jeanne ne s'attendait pas une femme qui s'excuse, c'est idiot. Elle s'assied doucement, furetant du regard un peu partout, semblant chercher autour d'elle des réponses à des interrogations muettes. Elle laisse son sac à terre, outre dégonflée, fatiguée, comme elle. Elle est perdue, vulnérable, ne fait rien pour le cacher. Jeanne se refuse à la considérer comme une rivale. François n'est qu'un type parmi d'autres, pas le genre à vous faire défaillir. Hier, elle a fait un malaise, il faisait chaud, elle n'avait pas déjeuné. Sa nuit a été pourtant peuplée de rêves érotiques et désuets où elle faisait l'amour avec des hommes sans visage, comme quand elle avait quinze ans.

Jeanne tente de chasser ces instants nocturnes de son esprit.

Voilà donc Cécile, une future divorcée.

Mais Cécile a connu le corps de François. Jeanne ne pense qu'à ça en la détaillant, partout des traces de François. Elle ne peut s'empêcher de se dire que ce corps-là a connu son sexe, ses lèvres, qu'il a mis sa main dans ses cheveux, que François a dû murmurer tant de mots d'amour dans cette oreille qu'au bout d'un moment elle n'y prêtait plus attention, c'était devenu normal, c'était devenu mérité. Cécile est celle avec qui il a voulu faire un enfant, ce pacte de la chair et du cœur, infrangible, lui. Elle est celle-là, celle qu'on n'oublie pas. Il y en a toujours une, toujours un, parfois c'est le premier, parfois non, parfois c'est un amour manqué, inachevé, elle était déjà prise, il n'était pas prêt, toute sa vie après on essaie de l'achever autrement, de l'achever ailleurs, se demandant si ça aurait pu, si ça aurait dû, se persuadant souvent que non, que c'est très bien comme ça, pourtant on y repense de temps à autre, par périodes, quand le présent déçoit, griffe, gifle. Et puis un jour, au détour d'une rue, il est là, elle est là, c'est fou comme elle a changé, c'est fou comme il a grossi, c'est fou comme le sourire est le même, il a eu des enfants, elle a eu des amants, on prend la mesure du temps passé, comme il a façonné la matière, modelé la peau, les cheveux, les pensées, on devient si vite un vieux con, une vieille conne, c'est à pleurer tant ça vient vite, tant ça vient facilement, il ne reste rien de celui qu'on a connu, et puis parfois au contraire, tout se révèle à nouveau, il n'y a qu'à souffler dessus et sous la poussière, il y a le lustre d'antan.

Cécile est cette femme-là. Elle n'en a pas l'air. Mais Jeanne refuse tout de même d'en faire sa rivale. Il y a un élan pourtant, instinctif et stupide, venu de cette fange de femmes considérant leurs sœurs comme des rivales, comme des obstacles. Celles qui jaugent d'un regard les yeux, les seins, le cul, les cheveux, qui se mesurent et s'évaluent en toutes circonstances, reines de beauté en maillot de bain qui rêvent de la couronne, non de l'écharpe. Celles qui vous évitent du regard, vous sourient tout de même, oublient votre prénom, ne vous remettent jamais, font mine de ne pas vous voir, vous montrent comme la terre tourne sans même s'apercevoir que vous en faites partie, pauvre petite chose animale, agglomération de cellules, gamètes femelles. Ces femmes-là. Jeanne les reconnaît en un regard, elles sont visibles, si peu discrètes, si elles savaient comme leur méfiance sent fort. Jeanne les connaît si bien, elle en a fait sa spécialité, elle sait les apprivoiser, fissurer leur ligne de front, déjouer leurs stratégies, les désarmer par sa gentillesse. Elle voudrait les éduquer comme des enfants. Elle a cet orgueil-là.

Ismaël et Jeanne ont vingt et un ans, ils sont amoureux depuis un an. Quand ils se parlent le soir au téléphone, ils disent *c'est toi qui raccroches, non c'est toi, non c'est toi*. Ce genre de choses. Ils ont fêté leur premier anniversaire de rencontre, ils sont allés dans une crêperie, pour la première fois Jeanne s'est risquée à prendre autre chose qu'une galette complète, elle s'est trouvée follement intrépide. L'amour fait faire de ces choses, ce n'était pas une légende. Ils ont eu l'impression d'être des grands, l'addition, le serveur, la bolée de cidre, la légère ivresse. Jeanne dit à Ismaël qu'elle l'aime, Ismaël ne répond ni *je t'aime*, ni *moi non plus*, il ne dit rien. Jeanne pleure de ce silence les premières fois puis s'y habitue jusqu'à trouver ça normal. Elle a vingt et un ans. Quand elle a l'os à vœux du poulet, elle demande en silence qu'Ismaël l'aime, le lui dise. Quand elle visite une église, elle allume un cierge, elle qui ne croit pas en Dieu. Un jour, c'est l'été, ils rentrent de vacances au bord de la mer, ébouriffés et sales, hâlés et heureux, leurs premières vacances tous les deux, ils ont faim, ils quittent leurs fauteuils pour rejoindre le wagon-bar, on peut encore y fumer, imaginez un peu. Ils commandent un croque-monsieur pour deux qu'ils mangent debout. Une jeune femme passe à côté d'eux, reconnaît Ismaël, si longtemps qu'ils ne se sont pas vus, c'est fou, mais qu'est-ce que tu fais là. Elle l'embrasse, elle s'esclaffe, fait une remarque sur son bronzage, puis demande des nouvelles d'amis communs. Pas un instant elle ne jette un œil à la fille muette qui est pourtant juste à côté d'elle. Ismaël doit le sentir, il présente Jeanne ainsi : par son seul prénom. Elle est Jeanne et rien d'autre. La fille, toujours debout, sourit à Jeanne, sympa comme tout, lui redemande comment elle s'appelle, laisse passer un silence poli qui signifie bien qu'elle n'a jamais entendu parler d'elle, et sans façon, demande si elle est la sœur d'Ismaël, toujours sympa, toujours souriante. Ismaël éclate de rire, *ma sœur ?* la bonne blague que voilà. Jeanne rougit, un peu étonnée que leur amour ne se voie pas, donc il ne saute pas aux yeux. Elle murmure que non, elle est sa *petite copine*. Elle dit *petite copine* mais dans la seconde voudrait le ravaler, le terme sonne magazines pour jeunes filles et lunettes en forme de cœur, boys band sous stéroïdes et collection de bouteilles de parfum, écho adolescent de la cafétéria d'une sitcom. De toute façon, la fille s'en fout, elle acquiesce d'un *d'accord* indifférent, elle est passée à autre chose : bien sûr elle savait déjà. Quand Jeanne en parlera à Ismaël après, encore vexée d'avoir été ainsi niée, il rira, *mais non, tu sais Élise est comme ça, c'est une grande gueule* puis *ma chérie mais tu es complètement parano.* Ils n'en parleront plus, c'est un détail bien sûr, Ismaël n'y est pour rien évidemment, mais tout de même, ce mauvais goût dans la bouche dont elle aura du mal à se débarrasser, ce pressentiment, cette intuition. Le manque d'amour a une odeur. La vacherie un visage.

Depuis ce jour, elle saura reconnaître ces femmes-là au premier regard. Et plus jamais elle ne prononcera *petite copine* devant quiconque. La honte.

À force d'être ainsi détaillée, Cécile commence à se sentir mal à l'aise. Jeanne ne s'en rend pas compte, noyée dans le flot de pensées qui l'assaillent et qu'elle n'arrive pas à repousser à la frontière. Alors Cécile prend la parole, elle n'a jamais été à l'aise avec le silence, *pardon mais je suis très fatiguée.* Elle regarde Jeanne avec un petit sourire las, on dirait qu'elle vient de s'asseoir dans le cabinet d'un médecin et qu'elle attend qu'on lui prenne la tension, qu'on l'allonge, qu'on la soigne, qu'on lui dise que tout va bien se passer, que ce n'est pas grave, qu'il suffit de prendre ce médicament et que tout sera réglé. Elle continue, *je fais des insomnies, vous n'imaginez pas. Il y a cette faiblesse entre quatre et six heures du matin.* Jeanne ne dit rien mais elle sait, cette faiblesse-là c'est aussi la sienne, chaque matin elle en revient comme d'un voyage qui aurait mal tourné, la mine un peu plus froissée que la veille. C'est comme ça qu'on vieillit pense-t-elle. On se fatigue, simplement.

Cécile poursuit, *si je me réveille dans cette faille, entre quatre et six heures du matin, le combat est perdu, je le sais d'avance, je ne me rendormirai pas. J'ai beau l'anticiper, savoir que je ne suis pas lucide, que la nuit teinte tout de noir, j'ai beau le savoir, je suis incapable de me raisonner, je me sens plus clairvoyante que jamais au contraire. La nuit me dit des horreurs et je les crois.*

Je sais pourtant qu'elle peut être une sorcière qui vous jette des sorts et vous crache au visage.

Et puis elle s'arrête, comme si elle en avait trop dit. À moins que la réaction de Jeanne n'ait simplement pas été à la hauteur de ce que Cécile considère comme une confidence. Alors, Cécile se reprend, se redresse, se réajuste, se recoiffe un peu, éclaircit sa voix, soudain elle reprend des couleurs, soudain elle se souvient pourquoi elle est là, un instant elle s'est imaginé que Jeanne était une confidente, une oreille. En réalité, Jeanne a été sortie de ses rêveries et se raccroche enfin aux branches.

La discussion peut commencer.

Jeanne lui propose un thé, un café, de l'eau. Cécile refuse tout. Elles éclaircissent les questions administratives, ce qui reste à faire, qui a gardé l'appartement, comment ils se sont organisés jusqu'à présent avec Valentine, avec l'argent, avec ce qui avait été acheté ensemble au temps de l'amour et du définitif. Jeanne écoute attentivement, prend des notes, puis elle dit *finalement vous avez réussi à vous mettre d'accord assez facilement.* Cécile approuve, c'est vrai, ils s'en sont bien sortis, elle a même l'air un peu fière tout compte fait, elle dit qu'ils ont été *intelligents*, elle le répète plusieurs fois comme si le dire allait le faire advenir, elle dit que Valentine les oblige à l'être, que c'est leur priorité à tous les deux. Elle dit ça d'un air très concerné soudain, très mature, elle se sent femme cohérente, responsable, mère, elle n'est plus la femme fatiguée d'il y a quelques minutes à peine, elle croit presque à son assurance, à sa méthode. C'est fou comme les gens adorent s'ériger en exemple, distribuer des conseils comme des hosties, toujours une bonne adresse de dentiste, de pédiatre, toujours une bonne astuce pour éveiller son enfant, toujours le truc pour être heureux en tout, toujours envie de se faire mousser, oh la belle famille que voilà, c'est infernal. Jeanne pense soudain que si chacun avait un peu moins envie d'en mettre plein la tronche à l'autre, le monde se porterait bien mieux.

Il y a soudain un agacement chez Jeanne, pas une jalousie, pas une rivalité, plutôt une aversion qui dépasse Cécile, qui dépasse l'hôtel, une colère contre ce monde qui ne supporte pas plus l'érosion, l'imperfection que la faiblesse. Forts, mais pour quoi faire ?

Alors, Jeanne referme le cahier sur lequel elle a pris des notes et simplement demande *excusez-moi mais, si tout se passe si bien, pourquoi êtes-vous ici alors ?*

Cécile bredouille, un peu surprise, un peu agressée par cette question, cherche ses mots, elle a envie de décamper, quelle idée elle a eue de venir ici. Elle se tait, baisse la tête, respire. Elle dit *parce qu'on ne se supporte plus. Parce qu'on a envie de se cracher dessus quand on se voit. Parce qu'il y a Valentine et qu'il faut faire bonne figure devant elle pour ne pas la traumatiser. Parce que je suis si malheureuse de faire ainsi du mal à ma fille que je me demande parfois si j'ai eu raison de le quitter. Parce que je me demande si je n'aurais pas dû me sacrifier pour elle. Parce que j'ai peur qu'à quinze ans elle ne veuille plus me voir parce qu'elle comprendra que j'ai ruiné sa vie. Parce que je suis amoureuse de quelqu'un d'autre et que mon ex-mari me traite de salope au téléphone mais fait comme si de rien n'était le lendemain. Parce que quand je repense à notre histoire, je n'arrive plus à savoir pourquoi on s'est aimés, j'y arrivais il y a quelques mois encore mais là je n'y arrive plus, tout est entaché, tout est sali, même moi je ne me reconnais plus. Je me pensais gentille, amoureuse, prévenante, facile à vivre, je me découvre méchante, rancunière, mesquine, égoïste. J'essaie de retrouver le François dont je suis tombée amoureuse et sans cesse son visage se dissipe, l'image s'évapore, la voix s'estompe, je n'y arrive pas.*

Et puis elle ajoute, à voix basse, *je suis tombée amoureuse de François à la première seconde où je lui ai parlé. Je l'ai voulu tout de suite. Je n'avais jamais voulu un homme de cette façon-là, jalouse, possessive, animale presque. Dans quelles contrées de moi-même ces sentiments se sont-ils terrés ? Ont-ils disparu ? Se sont-ils dissous ? Comment est-ce possible, ça ? Comment peut-on accepter ça ? Qu'est-ce qui me dit que ça ne va pas recommencer ?*

2

Entretien de François

Il n'ose pas se le dire mais il balise un peu. C'est quoi cet entretien ? C'est un psy ? C'est pour ça qu'il ne voulait pas venir à l'*Hôtel du bord des larmes*, parce qu'il se doutait qu'il y aurait ce genre de rendez-vous foireux. La veille, il a trouvé dans sa chambre une brochure sur papier glacé fichée dans un ananas et entourée de grappes de raisin, de fruits de la passion et d'ombrelles en papier, produisant ainsi une sculpture végétale du plus étrange effet. Le prospectus proposait tout un tas d'activités *ludiques et festives, relaxantes et dynamiques, pour faire de votre divorce un moment inoubliable* suivant trois programmes possibles : *bulle de bien-être, évasion sportive ou cocooning.* Au choix, on pouvait aller au spa, prendre un cours de yoga kundalini, rencontrer un coach en séduction et estime de soi, un coach en rigologie (thérapie par le rire), un coach en sylvothérapie (enlacer des arbres pour profiter de leur énergie bénéfique), on pouvait aussi méditer sur la plage au coucher du soleil, apprendre à maîtriser l'art du ceviche, prendre un cours d'œnologie, faire du cheval à cru. À cet instant, François se dit qu'il va foutre le camp. Pourquoi ne pas faire du cheval à poil tant qu'on y est. Il se l'était juré, si les mots *énergie, chakra* ou *cocooner* étaient prononcés, il se tirait, il avait prévenu Cécile. Mais il s'est repris, a attrapé une grappe de raisin, balancé la brochure à la poubelle puis s'est allumé une cigarette et s'est concentré sur le résultat : demain, ils seront divorcés.

Quand il entre dans le bureau de Jeanne, il ne s'attend pas à la revoir, elle. La fille d'hier, celle qui est tombée dans les pommes dans sa chambre. Ils ont à peine eu le temps de parler, d'échanger, il l'avait oubliée. Elle se dirige vers lui, gênée, cela se voit à sa façon de frotter ses paumes contre son jean. Très vite pourtant, elle se reprend, elle se redresse, elle lui sourit, il n'avait pas remarqué qu'elle était jolie. Il accepte un café, et quand elle se dirige vers la machine, mate son cul, son dos, et enfin, ce lieu de la fragilité, sa nuque. Il fait ça machinalement, comme il le ferait avec n'importe qui, même avec un homme oui. Il a besoin de savoir à qui il a affaire, quel genre de personne il a en face de lui. François a toujours pensé que le corps ne disait rien mais que la manière de le vêtir, de l'habiter, de le masquer, de s'accommoder de lui, racontait quelqu'un. Jeanne a les cheveux relevés en chignon, les épaules un peu voûtées, sans doute un reste d'une scoliose d'adolescente, le dos s'est replié sur lui-même comme un bouton de fleur qui ne veut pas éclore, pour que les seins se voient le plus tard possible, pour que la femme se taise encore un peu, pour que les règles n'apparaissent pas tout de suite, pour que l'enfance s'allonge, s'étire, se dilate. Comme ces enfants qui réclament un verre d'eau, des grattouilles, la lumière dans le couloir, et encore un bisou, j'ai peur d'un loup, j'ai si peur. Comme si devenir adulte, devenir une femme était le début de la nuit.

Le chignon est fait à la va-vite, avec un pinceau d'enfant, de ceux qu'il y a dans les palettes de peinture de pacotille. Adolescent, il trouvait ça ridicule, les filles qui se faisaient des chignons avec des crayons, avec des pinceaux, elles avaient souvent une pomme dans leur sac et une bouteille d'eau, elles ne juraient que par la poésie et le velours côtelé. Avec un de ses copains ils se foutaient de ces filles-là, surtout parce qu'elles ne regardaient pas les garçons comme lui, au torse concave, aux épaules qui ne se déploient pas, ceux qui gardent leur corps d'enfant trop longtemps, ceux qui se damneraient pour un poil au menton, pour un pectoral saillant. Il est de certains hommes comme des voiles de bateaux : il faut que la vie souffle en eux pour qu'ils prennent enfin forme. Aujourd'hui, François a plus d'indulgence pour ces filles-là mais, quoi qu'il en dise, restent en lui l'admiration et l'espoir d'une possible revanche. Certains n'oublient jamais les humiliations de l'enfance, les blessures de l'adolescence, les injustices de l'école, prisonniers à jamais d'une sale gueule, d'un corps empâté, d'un esprit empoté, captifs pour toujours des musiques écoutées alors, des amitiés incompréhensibles et ratées, petits princes dans une vie d'adulte qui n'a rien à proposer de plus fort, de plus grand, de plus vibrant que la réparation, que la consolation, que le prolongement. Une vie entière, après, à chercher à se venger, à se refaire, à se prouver qu'ils avaient tort. François est un peu de ceux-là. Il le serait vraiment s'il en avait conscience. Bien sûr, il l'ignore.

Tout comme il ignore que s'il commence à parler à cette fille, lui qui s'était pourtant promis de ne pas le faire, c'est uniquement pour savourer, une fois encore, la transformation du garçon malingre en homme, la revanche de l'enfance sur l'âge adulte.

Jeanne l'invite à s'asseoir, à l'endroit précis où Cécile s'est assise une heure auparavant. Elle est détendue soudain, François ne l'impressionne plus. Bien sûr, elle le trouve toujours séduisant, mais elle a renoncé. Tout ça (ce *ça* qu'elle serait bien en peine de nommer, de définir, ce mot *amour* dont elle a oublié le sens), ce n'est pas pour elle tout compte fait. Ça coûte trop cher, ça fait trop mal, elle n'est pas de taille. Et surtout pas ici. On ne peut pas tomber amoureux dans le temple du divorce, bonjour la destinée. Et de toute façon, elle n'a jamais plu à ce genre de type, les types à l'aise, confiants, séduisants, elle n'a jamais plu qu'aux types fragiles et discrets, ceux qui n'osaient pas, ceux qui ne savaient pas, ceux qui tremblaient entre ses bras, ceux qu'il fallait secourir.

Ceux dont les autres filles ne voulaient pas en premier choix. Il fallait avoir un peu d'audace, un peu d'imagination. À part Ismaël. On ne peut pas dire que ça lui ait réussi.

Ils évoquent les questions administratives mais très vite François se met à parler, si vite que Jeanne, quand elle s'en souviendra, quand elle y repensera, aura la plus grande difficulté à repérer le moment où ils se sont enfoncés dans cette conversation comme dans les profondeurs d'une forêt, ne voyant ni les ronces, ni l'obscurité, ni le froid, ni le chemin pour revenir en arrière. Elle aura beau chercher, impossible de trouver le mot, la phrase, le détail qui a scellé ce pacte silencieux et fait d'eux des confidents. Il y a des êtres qui, sans qu'on sache comment ni pourquoi, vous parlent de vous quand ils se racontent, eux. Ils savent mettre les mots sur cette bouillie de noir qui s'infiltre en vous les jours de gris, les jours où la raison vous lâche la main, comme ça, sans prévenir, les jours où vous errez en vous comme un enfant perdu dans un supermarché. Vous aussi cherchez la main lâchée, mais vos doigts ne trouvent que des corps inconnus, sans chaleur, sans secours, sans parfum, la veille pourtant tout était à sa place, tout était en ordre, votre main bien vissée dans celle de votre raison, aujourd'hui pourtant même l'enfance n'est plus un refuge, elle est trop loin, elle fait trop mal, elle est passée et ne reviendra pas, vous vous sentez non comme un adulte mais comme un enfant qui aurait vieilli. Il y a des êtres qui voient dans le noir, qui perçoivent chaque vibration de vie, qui n'ont pas besoin de clarté pour savoir, pour comprendre. Alors ils vous parlent et vous ramènent à la lumière du soleil, ils vous déshabillent, sèchent vos frusques sur des rochers plats, sur des rochers chauds, ils vous prennent la main, vous êtes nus l'un et l'autre, l'un en face de l'autre, mais vous n'avez plus froid. Et vous n'êtes plus seuls.

François dit *avant notre mariage, nous étions un couple heureux, vraiment heureux. Nous étions si jeunes, je me dis ça maintenant et je me sens vieux con de le penser* (il rit). *Nous étions des enfants qui gagnent de l'argent et font des courses au supermarché. Nous achetions trop de bonbons. Trop de chips. Parfois on invitait des amis pour jouer aux grands, on buvait du vin, on parlait politique. Je jouais au poker. Je bluffais bien, je gagnais facilement de l'argent vite dépensé en babioles, en vins chers, en vêtements. J'ai grandi dans une famille sans argent, sans faste, si bien que j'étais incapable de le garder, pire, de l'épargner, il fallait le dépenser, et plus c'était futile, mieux c'était. Un jour nous est venue l'idée de nous marier, pour jouer aux grands, dans le même élan inconséquent il me semble. C'était si drôle. Je trouvais la vie légère et bien faite, facile presque. Je me disais qu'il n'y avait rien de pire que la mort. Je ne connaissais pas les nuances. Quand nous nous sommes mariés, le jour de la cérémonie, j'étais dans un état bizarre. J'étais spectateur d'une pièce de mauvaise facture déjà jouée cent fois par d'autres que nous. On me disait que c'était sans doute le bonheur mais, en réalité, j'étais perturbé d'être ainsi extérieur à ce que nous vivions, je nous regardais faire comme nos parents avant nous, comme nos amis avant nous et comme nos enfants après nous, et je me sentais étranger à cette lignée. Je voyais mon costume trois-pièces, trop satiné, trop brillant, je pensais au régime sans pain que j'avais fait pour pouvoir entrer dedans, je me demandais si réellement aimer, vivre, c'était ça, cette futilité-là, cette débilité-là. J'étais boudiné, j'étais moche parce que revêtant un costume qui n'était pas fait pour moi. J'étais rasé de trop près, ma peau était glabre. Ce n'était pas moi. Cécile était fardée comme jamais, elle qui se maquillait à peine, qui ne se coiffait pas et que je ne trouvais jamais plus belle qu'au réveil, la tête dans le cul et les cheveux emmêlés, elle avait un chignon laqué qui montait trop haut, des anglaises, ses cheveux crissaient entre mes doigts, elle ressemblait à Jackie Kennedy, je ne la reconnaissais pas. Sa robe était simple mais blanche, avec un bustier, ça faisait princesse, quand elle marchait elle était obligée de la soulever sur les côtés. Malgré son allure gauche, je voyais qu'elle y prenait un certain plaisir, qu'elle n'était pas mécontente d'être la reine de la soirée, la princesse du jour, alors que moi je mourais de honte d'être ainsi au centre de l'attention. Tout le monde avait l'air de trouver ça joyeux à part moi, à moins que ce ne soit l'inverse et que c'est pour ça que nous avons bu toutes les bouteilles que nous avions achetées et même plus, avec un pote nous sommes allés nous ravitailler en bouteilles de vodka supplémentaires en plein milieu de la fête, en catastrophe, à la supérette du coin. Nous n'avons trouvé que des petites bouteilles d'alcool fort avec les étiquettes fluo de prix encore collées dessus. Je me souviens que j'avais tellement bu que je m'étais focalisé sur ces étiquettes, sur ce prix, j'avais trouvé ça plus triste que tout, cette étiquette fluo et ce prix avec une décimale, dix euros et quatre-vingt-dix centimes, 10,90 € je n'arrêtais pas de dire ça à haute voix : pourquoi cette virgule putain, pourquoi cette virgule ? Lui il se marrait, tout le monde se marrait, le lendemain il y avait encore des gens pour me dire ça : pourquoi cette virgule putain ? C'est devenu une blague depuis, une blague de potes qui revient de temps à autre et qui nous plonge dans la même hilarité stupide. Après les mignonnettes de vodka, je me suis endormi sur une banquette et me suis réveillé le lendemain sans savoir où était Cécile, le sol collait, il y avait des auréoles de vin sur les nappes, des confettis jusque dans mon slip, des morceaux de pièce montée entamés dans les assiettes en carton. J'avais la gerbe, ça pulsait dans mes tempes, mais c'était fait, je me suis surpris à penser ça : au moins c'est fait. Je l'ai évacué tout de suite, j'étais horrifié par ce que je prenais pour du cynisme. Ou une incapacité au bonheur. Il y avait cette alliance à mon doigt, je n'avais jamais porté de bague, je la sentais, ça me gênait. Cécile s'était démaquillée mais avait gardé sa coiffure, avec un jean ça faisait encore plus bizarre. Je ne lui ai rien dit, je n'ai fait aucune remarque sur sa robe, sur sa coiffure, sur elle, j'ai su plus tard qu'elle en avait été blessée. Au moment de notre séparation, elle a même identifié cette blessure comme le début d'une rancœur, d'un désamour, le début de la fin. Elle ne cessait de me dire : tu ne m'as même pas dit que j'étais jolie, tu te rends compte. Tu ne m'as même pas regardée.*

François se tait un instant. Il semble fatigué. Sa jambe se met à battre la mesure avec impatience. Il se lève et soudain, il dit *ça te dit d'aller faire un tour ? Je n'en peux plus de mon histoire.*

Le tutoiement a déchiré l'espace, accéléré le temps, aboli les frontières. Jeanne n'a pas le temps d'acquiescer qu'elle s'est déjà levée.

3

Jeanne et François prennent l'ascenseur, sans parler, conscients qu'ils sortent là d'une trajectoire invisible mais pourtant connue d'eux, cette trajectoire qui fait que la vie avance sans qu'on la voie. Ces moments où l'on se sent vivant, neuf, en danger même. Il y a à risquer, il y a à perdre. Parfois, c'est un cul-de-sac et le chemin de traverse est pris à rebrousse-poil.

Jeanne les conduit au rez-de-chaussée, ils passent devant la réception, Julien leur adresse un hochement de tête, inconscient de ce qui est en train de se passer, sous ses yeux, de cette histoire dont on ne peut dire encore qu'elle va commencer, mais dont pourtant une première ligne a été franchie, une ligne qui n'existait pas il y a encore cinq minutes, une ligne pour un début d'architecture, une esquisse de plan. Chaque histoire a ses fondations, tantôt hasardeuses, fragiles, friables, un rien et elles se cassent la gueule, laissant une friche, laissant rien du tout, parfois elles sont solides, robustes, incassables, bien plantées dans le sol mais chiantes, tellement chiantes qu'il faut s'en extraire, s'en défaire, s'en arracher au risque de se fondre dans les murs, de se transformer en pierre, d'être enterré vivant. Et puis parfois, il y a des fondations qu'on pensait provisoires, parce que de guingois, parce que en équilibre et qui pourtant tiennent ainsi, légères, souples, flexibles, et qui, parce qu'elles sont de traviole, s'adaptent à tous les coups tordus.

La première fondation de Jeanne et François c'est celle-là, cette embardée, ce tutoiement. Ils passent prestement devant la salle de restaurant, ils n'ont pas le temps de voir que Cécile y est attablée, qu'elle prend un café en regardant la mer, les yeux dans le vague, le vague à l'âme, se demandant un peu ce qu'elle fout là. On lui a proposé un massage et un cours de yoga kundalini avant le rendez-vous avec François, ce soir, elle a tout décliné. Ce rendez-vous *où chacun pourra parler à l'autre, lui exprimer ce qu'il ressent et poser les bases saines du divorce*. Elle pourrait se promener sur la plage, aller faire du vélo, s'aérer l'esprit, elle pourrait oui mettre ce temps à profit, mais ça n'a jamais fonctionné avec elle ce genre de trucs, lutter contre le fond qui vous attire, battre des pieds pour regagner la surface au plus vite et sortir la tête de l'eau, elle préfère plutôt se laisser porter par le courant, voir où il la mène.

Cécile les voit passer devant elle, à travers la baie vitrée de la salle de restaurant, elle les suit du regard et tout de suite elle comprend, tout de suite elle aussi voit la fondation, l'esquisse, elle n'a pas entendu le tutoiement mais elle connaît François, elle le connaît si bien, à sa façon concentrée de regarder autour de lui, de chercher une cigarette dans la poche de son jean, à la façon qu'il a de suivre Jeanne, à son air faussement sérieux, préoccupé, elle voit la fondation mais aussi l'architecture possible, le fantasme de ce qui pourrait se construire. Elle en ressent une forme de jalousie brutale, comme une suée involontaire. Pourtant elle ne voudrait pas que cette fondation soit à nouveau la sienne : elle ne désire plus François, elle n'aime plus François, non. Mais elle se souvient si bien du frisson, du sentiment de présent soudain, de la vie qu'on rattrape comme une main dans le vide, qu'on froisse de trop la serrer et qu'on ne lâche plus jusqu'à ce qu'elle nous file doucement à nouveau entre les doigts quelques jours, quelques mois, quelques années après. De cette embardée, elle se souvient parfaitement, et c'est son adolescence qui lui revient, cette innocence, cet espoir, tout ce que l'amour peut comporter de frissons, d'excitation, de promesses.

Cécile a vingt ans, elle est étudiante en BTS Force de vente. Elle n'a pas choisi cette voie-là mais la conseillère d'orientation était sûre que c'était ce qu'il y avait de mieux pour elle, que c'était son chemin. Ses parents n'y connaissaient rien, ils ont acquiescé et Cécile a dit *alors d'accord*. Les choses se sont faites comme ça. Le soir, quand ils étaient rentrés chez eux, le père de Cécile avait toqué doucement à la porte de sa chambre et avait demandé si ça lui allait, la force de vente, *tu es contente ma chérie ?* Elle n'avait pas pu lui dire qu'elle ne l'était pas, non, mais qu'elle ignorait ce qui aurait pu vraiment la rendre contente de toute façon, qu'elle était à peu près sûre que la force de vente ce n'était pas pour elle, mais alors il aurait fallu proposer une autre voie, et Cécile n'avait que des passions enfouies à proposer, des passions intimes qu'elle ne partageait pas avec ses parents, des inclinations douteuses, de l'art, des livres, tout ce que ses parents considéraient comme des loisirs, du divertissement, des occupations de samedi soir et de dimanche après-midi. Un samedi soir justement, elle accompagne une amie d'enfance à une fête chez des gens qu'elle ne connaît pas. Ils sont étudiants en cinéma, en lettres, certains prennent des cours de théâtre. Les corps semblent différents de ceux qu'elle a l'habitude de croiser, d'embrasser, d'étreindre, les muscles sont fins et saillants sous les étoffes, les gestes sont amples, détachés, déployés, les hommes portent des marcels, certains des chapeaux, les filles ont les lèvres très rouges et les cheveux en désordre. À mieux les regarder, elle constate que ce ne sont pas les corps qui diffèrent, c'est la façon de les habiter, d'avoir conscience de ce qu'ils sont, de ce qu'ils font : ils ne sont pas seulement des outils, ils sont aussi des finalités. Cécile observe alors le sien, ce corps dont elle se fiche un peu, qu'elle n'a jamais vraiment regardé, qu'elle habille avec des chemises d'homme volées à son père, au lycée on disait d'elle qu'elle ressemblait à un mec, certains disaient qu'elle était gouine, il fallait entendre leur façon de prononcer ce mot, le dégoût dans leur bouche, comme si on les forçait à manger le mot, à le dévorer cru, sanguinolent, avarié, gâté. Elle ne démentait pas, qu'on la croie gouine l'arrangeait bien, au moins elle ne se faisait pas draguer par ces faces de rat. Elle attendait que la vie la surprenne, la saisisse et l'enlève au passage. Ça a eu lieu ce soir-là, dans cette fête peuplée de corps dansants, de corps chantants, de corps à l'aise. Les gens rient fort, dansent en en faisant trop, miment, jouent, exagèrent, elle trouve ça fascinant, ils s'embrassent beaucoup, leurs corps n'ont pas la pudeur qu'il y a autour d'elle, certains s'embrassent sur la bouche sans être ensemble, pour rigoler, comme si ça ne voulait rien dire.

Au bout d'une heure, sa copine dit *je n'en peux plus de ces hystéros, on se casse ?* Mais Cécile ne les trouve pas hystériques, elle les trouve vivants, joyeux, extraordinaires, brillants, elle voudrait rire avec eux jusqu'à la fin des temps, qu'ils la sortent d'elle-même, qu'ils la révèlent à elle-même, qu'ils l'arrachent à sa vie. Cécile répond qu'elle va rester, il y a un mec sur le balcon qui la mate depuis tout à l'heure, lui aussi habite son corps, lui aussi rit fort. Il s'appelle François.

Ce soir-là, ou plutôt ce matin-là, Cécile est rentrée chez elle à pied, ça faisait un bout de chemin, elle vivait en banlieue. Elle a marché tranquillement dans la nuit finissante, elle n'était pas pressée, les mains dans les poches et sur la paume de l'une d'elles, le numéro de téléphone de François écrit au feutre. Elle a marché en regardant la ville dormir, les oiseaux piaillaient comme des dingues. Quand ils s'étaient quittés sur le trottoir avec François, il avait mis sa main sur la bouche de Cécile, *c'est l'heure bleue*, il avait dit ça très attentif soudain, *c'est l'heure bleue tu te rends compte, les oiseaux de nuit se taisent avant que les oiseaux de jour ne se réveillent, ça ne dure qu'une minute*. Et ils s'étaient tus, écoutant ce silence qui n'était pas une pause mais une prise d'élan. Un début.

Assise à la table du restaurant, de l'autre côté de la vitre, Cécile regarde François être à nouveau ce garçon qui habitait si bien son corps et qui la matait depuis le balcon. Bien sûr, il n'est plus le jeune homme au corps dynamique, au visage plein, à la peau rasée des hommes de ces années-là. Désormais, il porte une barbe taillée qui dissimule un peu l'affaissement de la peau de son cou, il a toujours cette chevelure folle qu'on lui connaît mais elle est moins longue, moins féminine, les frontières avec lesquelles il jouait quand ils se sont connus se sont posées, se sont affirmées.

Et ce n'est plus elle qu'il mate. C'est cette femme, celle de l'entretien de ce matin, elle s'appelle Jeanne. Il ne la mate pas bien sûr, il est plus discret qu'il ne l'était à vingt ans, sa séduction a eu le temps de s'affûter, comme une lame. Cécile se souvient de la première fois qu'ils avaient fait l'amour, il était si ému, elle était si maladroite, elle avait déjà couché avec quelques garçons, peu en vérité, elle n'en gardait qu'un souvenir diffus de frottements, de grognements, de gémissements, de silence aussi, ça l'avait surprise. Pour elle, faire l'amour allait avec de la belle musique, des peaux satinées, des corps qui se trouvent sans avoir à se chercher, qui s'ajustent sans paroles : elle avait trop regardé le film du dimanche soir à la télévision. La réalité était tout autre. Le premier garçon avec qui elle avait passé la nuit avait tellement bu qu'après avoir joui il s'était levé, avait titubé jusqu'à un coin de la chambre où il s'était mis à pisser debout. Le jet d'urine faisait un bruit d'arrosage automatique sur la moquette, un bruit reconnaissable, si bien que Cécile était sortie subitement de son état de joie, d'émotion de l'expérience nouvelle. Le bruit d'arrosage automatique avait coupé net l'élan de cette romance qui commençait. Tout de suite, elle avait réalisé ce qu'il était en train de faire et lui avait demandé *mais qu'est-ce que tu fous ?* Il lui avait simplement répondu *ben je rembobine la cassette !* Elle n'avait pas demandé son reste, s'était levée du lit et avait ramassé à demi nue ses vêtements épars au sol. Ce faisant, elle avait dû faire taire les violons dans sa tête avec la main du chef d'orchestre qui se ferme d'un coup sec, elle avait dû couper les petites fleurs mignonnettes qui avaient bien envie de pousser dans son cœur mais qui, là, étaient vraiment ridicules, elle avait dû tordre le cou à cette première fois qui n'avait rien de merveilleux et, prise de fou rire, avait détalé en disant *bon ben salut.* Aucun dépit pourtant chez Cécile, aucune amertume : ne restait que la joie de l'avoir fait, d'être enfin déflorée, qu'importe la manière. Elle pensait qu'une seule fois suffisait à tout comprendre du sexe, qu'il y avait une façon de faire et qu'elle fonctionnait avec tous les hommes. Elle ne savait pas qu'il est des personnes comme des musiques, que certains rythmes s'épousent quand d'autres ne trouvent jamais l'harmonie, que certains vous caressent sans vous prendre quand d'autres vous brusquent et vous font perdre la tête.

Quand François et Cécile s'étaient allongés l'un à côté de l'autre, sur le lit étroit de François, un lit une place d'étudiant dans sa chambre de cité U, ils s'étaient embrassés pendant des heures avant d'oser, l'un comme l'autre, se déshabiller. C'est qu'il fallait d'abord s'étancher, s'abreuver à la source, cette source miraculeuse à laquelle ni l'un ni l'autre n'avait goûté. C'était donc ça. Mais ce n'était pas comme dans les films, décidément, et c'était un peu décevant, cette trivialité des fermetures Éclair qui ne glissent pas, des boucles de ceinture qui se coincent, des pieds qui puent sous les chaussettes. L'amour n'y faisait rien. Pendant de longues secondes, François avait essayé de défaire l'agrafe du soutif de Cécile, il voulait un geste délicat et maîtrisé, un geste qu'on ne voit pas, un geste invisible comme le maillon d'une chaîne dont il n'était, en aucun cas, la finalité. Il l'avait déjà fait avec d'autres filles, il s'était entraîné en cachette avec ceux de sa sœur, piqués dans sa commode, il savait faire ça bordel, mais là ça bloquait, ça ne voulait pas. Au début, Cécile ne disait rien, attendant la délivrance, dans les films c'était toujours le garçon qui s'y collait, pas la fille, de quoi aurait-elle eu l'air, d'une fille qui dégrafe son soutif devant le premier venu ? D'une pute ? Puis c'était devenu gênant, François n'y arrivait pas, il s'était mis à transpirer, il avait fait des blagues qui tombaient un peu à plat *j'ai l'impression que tes seins s'opposent à notre union*, alors Cécile avait été obligée de le faire toute seule, et quand le soutien-gorge avait enfin cédé, elle s'était sentie plus nue qu'elle ne l'avait jamais été. Par réflexe, elle avait retiré le soutien-gorge mais avait caché ses seins avec ses mains, et sa pudeur lui avait fait piquer un fard, lui avait fait dresser les poils, faisant sa peau plus rugueuse que celle d'un reptile. François avait perçu le frémissement et le fard, il n'avait rien vu de plus adorable de toute sa vie, cette fille pas coiffée qui portait des chemises d'homme et qui avait l'air de le trouver si drôle. Alors, il avait pris Cécile dans ses bras, l'avait serrée fort puis l'avait embrassée à nouveau, lui susurrant des mots qu'il n'avait jamais dits à personne *tu es belle, c'est fou ce que tu es belle, j'ai envie de toi tellement tu es belle, regarde-moi ce cul, regarde-moi ces seins, je n'ai jamais vu une fille aussi belle que toi.*

Et Cécile avait déjà vu des filles plus belles qu'elle, ça c'était sûr, mais des mots comme ça, non elle n'en avait jamais entendu de plus beaux, surtout pas pour elle.

Mais quelques instants après, pourtant, François avait voulu mettre un préservatif, brisant cette harmonie toute neuve. Cécile avait déjà trouvé ça gênant les autres fois, avec les autres garçons, ce moment où les halètements s'arrêtaient, où les gémissements se taisaient, où les gestes redevenaient soudain utiles. D'une seconde à l'autre, on la bouclait et on attendait de passer à la suite, avec une brutalité et une rapidité qui laissaient à penser que tout ce qu'il y avait eu avant, les halètements de désir, les gémissements de plaisir, n'était en réalité que les répliques d'une pièce de théâtre jouée et rejouée, d'une partition des amants, universelle et entendue des milliers de fois, et dont les soupirs et les silences en constituaient les notes pour les siècles des siècles.

Que faire d'elle pendant ce temps-là ? Devait-elle participer, l'aider, le laisser faire en le regardant ou ne rien faire du tout ? Personne ne lui avait jamais parlé de ça, pas même ses copines. Ça semblait évident pour tout le monde. Alors, par peur de mal faire et de tout gâcher, tout son corps se mettait en pause pour retenir le désir et l'attraper, le capturer comme ces papillons qu'elle chassait, enfant, et sur lesquels ses mains de petite fille se refermaient comme une cage. Au bout de quelques instants, elle rouvrait à peine ses doigts pour admirer son prisonnier, ses ailes peintes comme des masques effrayants qui la faisaient se sentir puissante : c'est le monde entier qu'elle tenait là, captif, à sa portée, à son échelle. Bien sûr qu'il ne lui faisait plus peur, le monde, il tenait dans ses mains. Mais toujours, pourtant, c'est un insecte mort qui gisait là entre ses doigts poudrés, les ailes déchirées par l'étreinte, la vie froissée par son insouciance de petite humaine capricieuse qui pensait que le monde se dompte comme un chien. Penaude, elle jetait l'insecte mort et déchiqueté, humiliée par ce monde qui ne se laissait pas faire et dont elle comprenait qu'on ne peut ni l'assujettir ni le mettre à genoux.

Alors, dans ce lit étroit de la chambre de la cité U, Cécile n'avait pas voulu retenir le désir. Elle avait osé un regard vers François, il galérait, ça ne voulait pas, c'était compliqué, il était ému, il avait peur de mal faire : en un mot il débandait. Elle lui avait caressé le dos, ce dos qu'elle découvrait pour la première fois, moucheté de taches de son et de grains de beauté, et elle avait embrassé chaque grain de beauté jusqu'à ce qu'il y parvienne. Et ils avaient fait l'amour avec maladresse, émotion, timidité.

Bien sûr, ils avaient grandi, ils avaient mûri, ils s'étaient affirmés l'un et l'autre, l'un au contact de l'autre. Leurs étreintes n'étaient plus ce balbutiement, cette hésitation, ils connaissaient mieux leurs corps, ils en possédaient la cartographie invisible, ses vallées et ses torrents, ses grottes et ses forêts, ils ne partaient plus à l'aventure à chaque embrassade, les chemins étaient connus, les trajectoires maîtrisées, les excursions minutées. Pourtant, Cécile n'avait jamais oublié ce tremblement, cette maladresse, et parfois, elle regardait François, l'homme qu'il était devenu, celui-là même qui avait pris du bide, qui avait bouffé les années, qui avait des cheveux blancs et une assurance indéniable, et elle ne voyait que le petit garçon, que le jeune homme tremblant d'émotion, elle n'avait jamais pu oublier qu'ils avaient été des enfants ensemble, qu'ils avaient appris ensemble. Parfois, il lui semblait que tout était foutu depuis le début à cause de ça, qu'elle aurait voulu connaître François maintenant, que peut-être alors elle aurait cru à ce personnage d'homme mûr, qu'elle n'aurait pas cru à une blague, à une posture, à un rôle qu'ils jouaient tous les deux, celui d'être des adultes, de se marier, d'avoir des enfants, tout ce qu'ils avaient construit et qui n'avait pas tenu.

4

Devant l'hôtel, François allume une cigarette et remonte le col de sa veste. Jeanne le devance et se dirige vers la plage, juste en face, elle suit leur trajectoire invisible et cet élan la conduit là, vers la mer, vers l'extérieur, là où la présence de l'autre peut se diluer dans plus grand que lui. Là où le tête-à-tête est moins intimidant.

Il fait beau, c'est samedi, c'est le printemps. Quelques familles, déjà, se sont installées pour la journée, dépliant serviettes, parasols, transats, ballons, glacières. Toutes les familles se ressemblent sur les plages. Jeanne aime les regarder, les côtoyer, elle les trouve belles, rassurantes, le bruit qu'elles produisent lui fait le même effet que celui du ressac, ou que le brouhaha des brasseries. Rien de plus vivant, rien de plus fort que ces bruits-là. Parfois, entre deux rendez-vous, pour éviter la machine à café du premier étage, c'est ici qu'elle vient. De loin, les familles ont toutes l'air lisses, tranquilles, normales, harmonieuses. Il suffit de se rapprocher un peu pour évaluer ce bonheur, en percevoir les fêlures ou au contraire les forces. En général, elle s'assoit à côté de l'une d'elles, prise au hasard ou choisie en fonction de sa beauté supposée, de son bonheur apparent. Elle prend un livre et fait semblant de lire en les écoutant, parfois elle se laisse juste bercer par le son de leurs voix, par leurs rires, par les cris des enfants. Elle se prend toujours à imaginer leur maison, spacieuse forcément, pleine de lumière, pleine de joie et de repas succulents pris dans un joyeux désordre. Elle imagine leur vie, leurs métiers, parfois elle le déduit en écoutant leurs conversations, parfois non, alors elle affabule, elle voit des femmes médecins dans des ONG, des hommes à tout faire, des chefs d'entreprise, des femmes au foyer, des hommes au chômage. Toujours, ou presque, elle les envie, elle les édulcore. Et puis, parfois, le père ne parle pas beaucoup, il passe son temps à regarder son téléphone, il n'a pas retiré son T-shirt, il est allongé de côté sur sa serviette, tournant le dos à la mère qui elle, est déjà en maillot de bain, s'est déjà baignée avec les enfants, leur a mis de la crème, un bob sur la tête, a gonflé les brassards, a donné le goûter, ramassé le BN à la fraise tombé dans le sable, l'a épousseté avant de le rendre à l'enfant qui bien sûr n'en voulait plus, alors elle l'a mangé elle-même, après coup elle s'est dit qu'elle n'avait même pas faim, et puis qu'elle n'aimait pas vraiment les BN à la fraise, cette gélatine translucide collait aux dents, mais c'est ainsi, depuis la naissance du petit dernier, elle mange n'importe quand, n'importe comment et elle s'en fiche, elle voudrait juste que son mari la regarde et décroche les yeux de son téléphone portable, elle voudrait qu'il s'occupe d'autre chose que de jouer aux raquettes et de faire des châteaux de sable quand l'envie lui en prend, elle voudrait qu'il arrête de faire la gueule, et surtout, elle voudrait oser fouiller dans son téléphone pour savoir à qui il envoie tous ces messages, tous ces mails, parfois il va aux chiottes avec son téléphone, elle s'empêche de trouver ça suspect, en même temps elle n'ose rien dire parce qu'elle-même reçoit des textos ambigus d'un collègue arrivé depuis peu dans la boîte, un type ténébreux qui a tout l'air d'être un dragueur, un mec à filles, mais elle a toujours adoré ça les mecs à filles, elle en a un peu honte mais elle adore ça, elle ne peut le dire à personne, ses copines ne comprendraient pas, elles aiment leur mari, elles aiment leur vie, et même si ce n'est pas vrai, jamais elles n'oseraient se plaindre parce qu'il faut garder la face, avoir une jolie famille, et surtout trouver ça chouette, et pendant ce temps, elle, elle s'emmerde, elle voudrait que son collègue mec à filles la touche, l'excite, lui dise des mots sales, elle voudrait que sa vie change mais pourtant, le soir, elle se couche épuisée avec un bouquin sur lequel elle s'endort en cinq minutes, ses enfants gentiment endormis dans leur chambre, son mari assoupi à côté d'elle, et elle se dit que pour rien au monde elle ne voudrait la quitter, cette vie-là.

Quand Jeanne se retrouve aux côtés d'une famille comme celle-là, elle se sent triste et flouée, elle pense alors à Ismaël, à ses enfants, elle se demande ce qu'elle aurait pensé de la famille qu'ils étaient quand ils en étaient encore une, si elle les avait écoutés ainsi, sur sa serviette. Aurait-elle compris ? Ils étaient si beaux ensemble, ils formaient un si joli couple, aurait-elle pu voir au-delà ?

À peine sont-ils arrivés sur le sable que Jeanne enlève ses chaussures, ses chaussettes et relève son jean. Elle a l'habitude de venir ici. C'est son territoire. Le sable est humide et tiède, presque froid par endroits. François fait de même, un peu surpris par cette fille qui est censée l'aider à divorcer, qui est censée être là pour l'administratif, le concret, la gagne, l'échec transformé en succès, qui est censée le faire passer dans le camp des winners, des gens qui réussissent leur séparation comme on réussit un concours et avec qui il s'apprête pourtant à marcher pieds nus sur la plage. Cette même fille qui s'est évanouie dans sa chambre hier, qui s'est émue tout à l'heure après le tutoiement, il l'a vu, il l'a senti. Quand ils ont pris l'ascenseur, il a remarqué qu'elle avait des plaques rouges sur le cou, comme si elle s'était grattée jusqu'au sang. Il lui a demandé ce qu'elle avait, ce que c'était, il n'aurait pas imaginé que cette question la mettrait ainsi dans l'embarras, et c'est à sa réponse sans doute qu'il a compris, qu'il a senti. Tout de suite, elle s'est empourprée, elle s'est gênée, *ah ça ?*, avec sa paume elle a essayé de cacher les plaques rouges qui n'étaient pas là dans le bureau quelques instants auparavant, il l'aurait juré. Elle a relevé le col de sa veste, comme si ça changeait quelque chose, elle a souri et elle a répondu *oh ça m'arrive parfois quand je suis fatiguée.* Elle ne pouvait certes pas lui dire que ça lui arrivait quand elle était émue, qu'il y avait des personnes dont le cœur s'affolait bien au chaud dans leur cage thoracique, à l'abri des regards, quand son cou à elle se marbrait de taches violacées à la moindre émotion, à la moindre contrariété. Elle ne pouvait pas lui dire ça bien sûr : c'était déjà un aveu.

Maintenant qu'ils sont sortis, les traces ont disparu, la peau a retrouvé sa blancheur. Il observe Jeanne à la dérobée, elle est encore plus jolie dehors. Plusieurs fois il a eu ce type de désillusion, des filles adorables en intérieur qui, une fois à l'extérieur, se fanaient comme des coquelicots, qui semblaient soudain fabriquées à la lumière du jour. Tout se voyait, le teint trop poudré, le trait de rouge à lèvres trop appuyé, le vêtement trop serré, la fragrance trop sucrée. Elle, non. C'est une fille du dehors, une fille du grand air.

Ils commencent à marcher en silence sur le sable, ils ne parlent plus soudain. Le changement de cadre, d'air, d'espace peut-être les a rendus taciturnes, sauvages, timides. Jeanne essaie d'apprivoiser ce silence, animal captif dont on ne sait jamais s'il va se laisser caresser ou s'il va mordre. Elle se rassure en dedans : il est juste question de prendre l'air. Rien de plus. Ce type n'a aucune autre intention que parler de lui, de sa future ex-femme, de leur gamine, de leurs problèmes de couple, toujours les mêmes de toute façon, ces couples qui ne font plus l'amour, qui s'aiment mais qui n'aiment plus *ça* ensemble, qui font des rêves érotiques tous plus fous les uns que les autres, fantasmant sur des corps croisés au travail, dans un bar, à une fête, mais qui s'ennuient ferme dès qu'ils se touchent, qu'ils se caressent, parce que le chemin a été parcouru des milliers de fois et qu'il n'y a plus rien à découvrir, tout est déjà vu, déjà vécu, déjà traversé, ce corps qui n'a plus de recoins, de zones d'ombre, ce corps qui pourrait être le sien tant il est familier. Voilà ce que François va lui raconter, Jeanne sait déjà ça, elle l'a entendu entre les mots, dans les silences, elle reconnaît ça entre mille, le manque de cul, le manque de désir, cet assèchement de soi, cet oubli, elle sait ça, elle s'en souvient. À se demander pourquoi tout le monde fait tout un plat du sexe. À se convaincre que c'est une histoire de jeunesse, de sève dans le corps, d'énergie à dépenser, à épuiser. Il faut bien que le corps exulte, tout ça. À se dire que le principal n'est pas là, que la complicité, la connaissance que l'on a de l'autre, le passé que l'on a ensemble remplacent le cul et que c'est ainsi, que c'est ça grandir, qu'il ne faut pas lutter. À se mentir pour s'accommoder, pour faire avec, parce que l'amour est si complexe, parce que le temps est un ressac, il vous berce pour mieux vous faire oublier qu'il avance : un jour c'est marée haute, les pieds dans la flotte, les rides au visage, le cœur gonflé de regrets, soudain. Et vous n'avez rien vu.

Jeanne sait très bien tout ça. Elle n'en pense rien, d'ailleurs. Elle ne se dit pas qu'ils ont tort, qu'ils devraient tout quitter pour retrouver le désir, elle ne se dit pas que la vie est là plutôt qu'ailleurs, dans cet élan du corps qui, sur le moment, vous hisse, vous extrait de vous-même, vous emporte et vous donne l'impression que vous pourriez faire n'importe quoi, n'importe comment et que c'est ça qui est bon, justement, cet oubli, cette folie. Elle ne les juge pas. Vraiment. Elle se dit que c'est inévitable et que c'est bon aussi, cette satiété qui arrive enfin et qui permet au corps de s'apaiser, comme une pulsation qui décélérerait, comme une respiration qui se calmerait et après, alors on peut parler, on peut se connaître, on peut s'aimer dans le silence des nuits calmes, des nuits sans sexe. Mais parfois, on s'endort de trop de calme, de trop de silence. On se laisse glisser. Avec Ismaël, ils ne faisaient presque plus l'amour la dernière année. De temps en temps, bien sûr. Sur le moment, ils en avaient vraiment envie. Mais souvent, une fois le désir satisfait, le plaisir disparaissait, il s'effaçait sans laisser de traces, aucune infusion, aucune sensation, de celle qui irrigue en vous et laisse dans la bouche ce goût d'éternité, d'absolu. Une fois les corps échoués l'un à côté de l'autre, lourds et abandonnés, sans artifices, sans séduction, les peaux sèches à nouveau, les souffles redevenus réguliers et muets, une fois l'effet du plaisir dissipé, l'esprit de Jeanne pensait parfois que n'importe qui aurait fait l'affaire, n'importe quel corps, n'importe quel homme, qu'il aurait pu ne pas avoir de visage et que ça aurait été pareil, qu'Ismaël et elle ne faisaient plus l'amour ensemble : ils satisfaisaient un élan, un besoin qui n'avait plus rien à voir avec le désir. Son esprit le pensait mais elle, Jeanne, n'en avait pas conscience. Ou alors un petit peu. Et quand c'était le cas, une telle pensée lui faisait tellement horreur qu'elle la chassait immédiatement de son esprit. Quel monstre elle pouvait être.

Jeanne et François marchent côte à côte. Leurs chaussures pendouillent au bout de leurs doigts. François a toujours été gêné par le silence. Il n'est pas de ceux avec qui on peut se taire pendant plusieurs secondes, plusieurs minutes, sans qu'il en ressente un profond malaise. Il a toujours admiré ceux qui ont cette capacité à remplir les silences, à les habiter, à les faire vivre, à faire de ces vides des pleins. Lui non. Se taire, c'est n'avoir rien à se dire. C'est être imbécile, idiot, c'est manquer d'à-propos. Alors il ne laisse jamais un silence s'installer, toujours il parle. On dit de lui qu'il est un beau parleur, qu'il a la tchatche, qu'il vendrait une brosse à dents à un édenté. Mais ce n'est pas ça en réalité, il a juste peur de cette absence qu'est le silence. Juste peur de l'ennui.

Alors il demande *et vous, vous êtes mariée, vous avez des enfants ?* Il ne sait pas pourquoi il demande ça à cette fille, sans doute par politesse, il veut se convaincre que ce n'est pas parce qu'il la trouve jolie, que ce n'est pas pour vérifier que le champ est libre. Il ne veut pas l'envisager comme une fille qu'il pourrait avoir envie de séduire, ce n'est pas le lieu, ce n'est pas le moment, Cécile est là, toute proche, on ne fait pas ça. C'est une question comme une autre. C'est qu'il faut bien discuter.

Jeanne le jurerait, la voix est plus grave, plus douce, le ton de François a changé. Elle est embarrassée par la question, simplement parce qu'elle semble confirmer la déviation, le changement de trajectoire. La séduction peut-être. Elle en éprouve une joie adolescente, pas ressentie depuis si longtemps qu'elle pensait que ça n'existait plus, que ce n'était pas pour elle, elle avait connu ça une fois avec Ismaël, d'accord, mais ça n'avait pas marché, elle avait eu tant de chagrin, tant de douleur que sans se le dire elle s'était résignée, sans se l'avouer elle s'était rangée du côté de ceux qui ne sont pas faits pour ça, intégrant ainsi l'idée qu'il y a des gens qui s'en remettent et d'autres non, qu'après tout on n'est pas doué pour tout dans la vie, certains ont la main verte, d'autres savent très bien faire des trous dans les murs et manier la scie sauteuse, d'aucuns encore ont la bosse des maths, pourquoi n'en serait-il pas de même avec l'amour, des personnes douées et d'autres qui n'y entendent rien, des cancres et des bons élèves, des cœurs vaillants, capables d'affronter les tempêtes, et d'autres souffreteux, pas assez forts, pas assez valeureux, qui ne s'en remettent qu'en décidant que c'est fini pour eux ces conneries, parce que c'est trop intense, parce qu'ils n'en ont tout simplement pas le courage, parce qu'ils ont peur d'y laisser leur peau, parce qu'ils laissent ça aux autres, aux doués, aux vaillants, aux gagnants.

Bien sûr, elle ne devrait pas y répondre. Ou alors elle devrait mentir. Dire que tout va bien, qu'elle est mariée bien sûr, que ses enfants sont adorables, que son mari est formidable. Il est si difficile de savoir quand dire la vérité et quand mentir, quand donner à l'autre ce qu'il aimerait entendre, ce que tout le monde aimerait entendre, quand sortir la photo de l'album ou quand se mettre à nu. Et puis ce changement de voix, cette attitude-là, elle connaît ça, elle le comprend, elle l'interprète. Autant elle était godiche adolescente, ne lisant jamais les signes de la séduction, comprenant à contretemps qu'elle plaisait à quelqu'un, interprétant toujours trop tard les regards appuyés, autant elle sait aujourd'hui, elle sent. Et surtout, elle n'en a plus peur. Elle se souvient de garçons, d'hommes qui lui plaisaient mais dont elle ne pouvait soutenir le regard tant elle était affolée en elle-même, tant elle avait peur de la séduction, tant son cou se marbrait de plaques rouges dès qu'elle croyait comprendre qu'elle leur plaisait. Tant de fois elle est passée pour une fille hautaine, sévère, sérieuse, coincée, rigide, tant de fois ils ont vu l'indifférence quand il y avait l'affolement, la froideur quand il y avait le feu en dedans, la distance quand il y avait la peur. Quelle imbécillité. Elle se voulait violoncelle, gambe, contrebasse, mais elle n'était alors que la peau du tambour, membrane fragile qui vibre à la moindre caresse, qui répond au moindre frottement, mais dont le son mat et brutal vous agace le tympan. Aujourd'hui, il lui semble qu'elle sait, il lui semble qu'elle n'a plus peur. Et surtout elle comprend. Bien sûr, elle n'en est jamais vraiment sûre, toujours elle doute d'elle-même. Mais enfin, il y a des regards, il y a des mots.

Alors elle dit la vérité à François, elle sort du cadre, elle oublie son boulot, l'hôtel, le divorce. Elle dit *je suis séparée du père de mes enfants depuis trois ans. J'ai deux enfants que je vois une semaine sur deux. Je suis comme vous, je n'ai pas réussi ça.*

François sait que le terrain sur lequel ils s'aventurent est escarpé, il sait que la pente est savonnée, qu'ils ne devraient pas avoir cette conversation, il sait qu'il devrait se contenter de la balise, des repères, qu'il faudrait répondre *je suis désolé, vos enfants ont quel âge ?, ils sont en quelle classe ?, vous êtes sur un mode de garde alternée ?, les enfants s'adaptent n'est-ce pas ? c'est fou comme ils s'adaptent mieux que nous*, il sait qu'il faudrait qu'il dise les mots *résilience*, *bienveillance*, *reconstruction*, *rencontrer quelqu'un*, *refaire sa vie*, c'est comme ça qu'on ne parle de rien, c'est comme ça qu'on ne rencontre pas les gens et qu'on fait son chemin peinard sans se faire mal, en sifflotant les mains dans les poches, il sait ça. Pourtant il dit *qui est-ce qui est parti ?* Jeanne répond *c'est lui*. Et François dit *moi aussi, c'est elle. Elle a rencontré un autre homme, un type plus âgé, un cliché de mec viril, grand, avec des pectoraux et une bedaine rassurante de type qui boit de la bière, un type dont je n'aurais jamais pu imaginer qu'il lui plairait. Je l'imagine avec une grosse bite et des fantasmes sexuels tordus. C'est ridicule mais je pense à ce genre de trucs. En fait, je ne pense qu'à ce genre de trucs. Mais c'est sûrement ma jalousie qui parle, qui me rend fou. Sûrement. Ou alors j'adore imaginer Cécile dans ce genre de situation scabreuse. Ça me donne de bonnes raisons de ne rien regretter. Je ne sais pas. C'est pour ça qu'on est là. Parce que ce mec a pris toute la place dans nos discussions et que je ne peux pas m'empêcher de penser que s'il n'avait pas été sur son chemin, on serait encore ensemble. Cécile me dit toujours que ça n'a rien à voir, qu'il n'était qu'un révélateur et toutes ces conneries de magazines féminins, qu'il y avait déjà des problèmes dans notre couple, en gros qu'il manquait juste l'étincelle pour faire partir le feu mais je ne sais pas, je n'y crois pas. Elle a eu beau m'expliquer, donner des exemples, dérouler le fil de notre histoire, comme cette anecdote sur sa robe de mariée que je n'ai pas commentée, comme tout ce qui est remonté comme des poissons morts dans nos filets, et que je ne savais pas. Quand elle m'a quitté, j'ai eu l'impression d'assister à mon propre enterrement : un reproche une poignée de terre, un reproche une poignée de terre, et ainsi de suite jusqu'à ce qu'elle m'ensevelisse tout à fait. Elle a eu beau me démontrer de façon mathématique que ce type velu n'y était pour rien donc, puisque apparemment j'ai été un sale con, puisque j'ai été le pire des maris, impossible de m'enlever ça de la tête : c'est à cause de lui tout ça. C'est fou, non ?*

Soudain, le téléphone de Jeanne sonne, c'est Julien, *oui Jeanne bonjour, excusez-moi de vous déranger mais votre rendez-vous est arrivé, il s'agit du rendez-vous avec le notaire, il vous attend dans le salon privé.* Il ajoute *Madame est déjà là.*

5

Rendez-vous avec le notaire

Quand Cécile entre dans le salon feutré au rez-de-chaussée, à l'heure dite du rendez-vous, un type est assis à l'extrémité d'une immense table. Elle le salue, il lève les yeux de son téléphone portable et se lève, main tendue, sourire gingival. Bien sûr, il connaît déjà son nom, son prénom, il se présente, il s'appelle Cédric, il est notaire, il est grand, le corps élastique et sec, il porte le costard comme s'il en avait rêvé toute sa vie, comme si enfant il regardait le bleu de travail de son père avec crainte, se jurant en lui-même qu'un jour il aurait le costume qui claque, les chaussures qui brillent, la prestance qui tue et que jamais il ne s'agenouillerait sous les lavabos des gens pour changer des joints pourris. Il est souriant, un sourire sincère, sympa mais qui ne s'éternise pas non plus, on est là pour le boulot, pour le sérieux, il y a des choses importantes dont on doit discuter, le mec est pro, le mec est carré, le mec est béton. Il est chauve, le crâne luisant rasé de près sur les côtés, c'est nickel, rien ne dépasse. C'est un type qui fait du sport, un type qui a un beau costume, Cécile le jurerait, il a une belle voiture, un coupé peut-être, une femme musclée par le yoga, deux enfants qui n'ont pas de chocolat aux commissures des lèvres, pas de nœuds dans les cheveux qu'il faut couper aux ciseaux pour s'en débarrasser, qui ne s'abrutissent pas de dessins animés le matin pour laisser leurs parents dormir. Il invite Cécile à s'asseoir, à se mettre à l'aise, lui propose un café, une mignardise. Deux petits coups frappés à la porte, Julien passe la tête, s'excuse, Cécile se demande si ce garçon ne commence pas toutes ses phrases par une excuse, et entre à son tour, cherchant Jeanne du regard, un peu paniqué de voir qu'elle n'est pas encore arrivée. Elle devrait être là. Il regarde son téléphone. Elle devrait déjà être là, c'est elle qui accueille les gens, ce n'est pas lui, lui n'est là que depuis quelques semaines, il ne fait que seconder, faire les photocopies, prendre les réservations, gérer la paperasse, rien de sérieux, rien d'important et c'est très bien comme ça. Il serre la main du notaire, l'appelle maître avec un soupçon d'admiration dans la voix et une déférence qui fait sourire Cécile, mais il ne s'assied pas, il regarde en direction de la porte avec détresse, se mord l'intérieur des joues, regarde son téléphone puis se décide à appeler Jeanne, finalement. Dès qu'il a raccroché, son visage se détend, il crie un peu fort *elle arrive !,* se rend compte que c'était trop fort, se met à transpirer, propose un café à Cécile mais elle en a déjà un, alors il s'assoit, résolu à ne plus l'ouvrir jusqu'à ce qu'on lui adresse la parole. Il observe Cédric, le notaire, le trouve classe. Plus tard, il voudrait bien ressembler à un type comme lui, qui ne semble s'affoler de rien, ni du silence, ni de l'attente, ni de l'absence de cheveux sur sa tête, ni des proportions étonnantes de ses gencives. Il est sympathique et si dynamique, on dirait qu'il va se jeter à terre et faire une série de vingt pompes sans transpirer, on dirait qu'il est né avec ce costard et cette chemise blanche. Cédric et Cécile commencent à discuter de la région, de la plage, des grandes marées la semaine dernière, il fallait voir ça, des vagues hautes comme des immeubles, de la salle du restaurant la vue était impressionnante, le soir ils sont restés avec les quelques clients qui étaient là, ils ont éteint les lumières et allumé des bougies et ils ont regardé les vagues se fracasser sur la digue avec rage, le pianiste a troqué ses airs de jazz pour du Wagner, Cédric dit *on se serait cru le dernier soir de notre monde,* et il part dans un grand éclat de rire qui n'a aucun sens pour Julien, mais Cécile rit, alors Julien rit. Un jour il voudrait bien être ce type, oui.

Et puis enfin les voilà, la porte s'ouvre et Jeanne et François entrent ensemble, silencieux, un peu surpris d'être ceux qu'on attend, un peu pris en faute peut-être, non c'est Julien qui imagine, c'est Julien qui croit surprendre un regard, une attitude, oui il y a quelque chose entre eux qui n'était pas là ce matin encore, il le jurerait. Il ne saurait dire pourtant à quoi ça tient, d'où lui vient ce sentiment étrange quand ils entrent dans la pièce, cette impression de mystère, de secret, de mots chuchotés à l'abri des regards. Cette impression qu'on lui cache quelque chose qu'il n'est pas assez grand pour comprendre. Un matin très tôt, plusieurs années après la mort de son père, il doit avoir dix ans, il se lève en entendant le camion poubelle au coin de la rue, se dirige en slip lâche vers les toilettes, ses pieds nus collent au parquet stratifié, faisant un léger son mat qu'il affectionne. Ses cheveux sont rassemblés en un gros nœud à l'arrière du crâne, ça fait bien longtemps que sa mère a abandonné l'idée de lui démêler les cheveux, au bout d'un moment, elle rase tout et ça va bien comme ça. À l'approche de la porte des toilettes, il entend chuchoter. Un instant, il s'arrête, le cœur battant, il n'est pas sûr. Dans le silence de ce matin-là pourtant, il y a bien deux voix distinctes qui murmurent non loin de lui. Il a beau chercher, il ne les identifie pas, on dirait des enfants, personne ne chuchote à part les enfants, croit-il alors. La peur lui monte à la tête, brutalement, comme une mauvaise suée, il s'imagine des brigands aux chapeaux pointus qui enlèvent les enfants et les mettent dans des cages à oiseaux, des ogres qui les mangent à la croque au sel, la mine réjouie et la serviette autour du cou, reniflant le cuissot rebondi en se léchant les babines. Intrigué, Julien va vers le murmure, à pas de velours, le souffle de plus en plus court, il passe une tête timide dans l'embrasure de la porte de la cuisine et découvre sa mère en peignoir éponge mou dévoilant le creux entre ses seins, attablée en train de boire un café face à un homme, il porte un costume, il a ses chaussures aux pieds, il a sa veste sur le dos, il est prêt à partir. Elle aperçoit Julien et se lève aussitôt, réajuste son peignoir puis ralentit sensiblement sa démarche, sa parole, se dirige vers Julien avec une décontraction forcée, choisie, *mon chéri tu es déjà debout ? Tu te souviens de Marcus ? Un ami avec qui je travaille, tu sais je t'ai parlé de lui. Il est venu chercher un dossier avant d'aller travailler.* Elle a un air de marquise ou de baronne, du moins c'est comme ça que Julien les imagine, sans colonne vertébrale, déambulant en déshabillé de façon molle et indolente en buvant des cocktails, distribuant les ordres comme les compliments : avec détachement. Marcus se lève, gêné, il dit *salut petit gars*, remercie encore sa mère, *désolé de t'avoir réveillée si tôt*, il brandit sa serviette en tapotant dessus, *et encore merci*, et il s'en va. Elle ne le raccompagne pas, le laisse partir, n'attend même pas le bruit de la porte d'entrée qui se ferme pour se mettre à ranger la table du petit déjeuner, comme si Marcus n'était jamais venu, comme s'il n'avait pas existé. Et Julien sent le secret comme on renifle le danger, cette intuition des enfants qui grandissent trop vite : le monde est un décor poli, plat et bien élevé derrière lequel grouille une vie sinueuse, complexe, minuscule, une vie en dimensions et en couleurs, une vie qui pulse, qui transpire, qui halète la nuit, qui réprime des cris, qui encaisse les coups, une vie qui murmure à la table de la cuisine, dans la lumière glauque des petits matins. Marcus est revenu, de temps à autre, un apéro après le boulot, décontracté, chemisette froissée, cravate dénouée et auréoles de transpiration sous les bras, un dimanche à la piscine en plein air au début de l'été, glacière pleine de pastèques, de sandwichs et de bières fraîches, et la nuit d'après, des halètements étouffés, des bruits inconnus entendus à travers la cloison de sa chambre, Julien avait onze ans, il comprenait sans comprendre, il avait vu les films à la télévision avec sa mère, il était si gêné par les scènes d'amour, par les baisers, par les corps nus. Le désir comme une sauvagerie. Et puis Marcus n'est plus revenu, et ils n'en ont pas parlé. Un jour, Julien a demandé de ses nouvelles, comme ça, pour savoir, il a appris que Marcus avait une femme, trois grands enfants et qu'il vivait à l'autre bout de la France. Soudain, il n'y avait ni décor plat ni vie sinueuse cachée derrière, il y avait un seul monde, un seul bordel, compliqué, tortueux, mordoré, broussailleux, escarpé, vallonné, un seul tout dont il allait bien falloir comprendre les nuances. Dont il allait bien falloir faire partie.

Alors, quand il aperçoit Jeanne et François, il sent l'ambiguïté. Jeanne serre la main de Cédric avec chaleur, ils semblent bien se connaître et s'apprécier. Elle s'assied à ses côtés, à l'extrémité de la table. Cécile et François se positionnent de part et d'autre d'eux, se retrouvant ainsi face à face. François regarde plusieurs fois en direction de Cécile, des coups d'œil qui pourraient être fortuits, tombés là par hasard comme la feuille morte qui volette, caresse les voitures avant de s'échouer dans le caniveau. Cécile le sent, elle fait comme si de rien n'était, ces yeux qu'il pose sur elle,

elle ne peut plus les supporter, elle ne sait plus qu'en faire, elle a l'impression qu'ils vont la foudroyer, la dévorer, la supplier, qu'ils ne sont que griefs ou suppliques, si bien qu'au bout d'un moment, face au visage impassible de Cécile, François arrête de la regarder, cette femme qu'il a adorée, qu'il a chérie, qu'il a baisée, et qui maintenant scrute un type chauve qui va leur parler de leur appartement, de leur bagnole, de leur canapé en velours qui a coûté une blinde, cet homme qui porte le costard comme une seconde peau et qui partage des biens comme on vide un lave-vaisselle. François entend Cédric commencer à énumérer ce qu'ils ont acheté ensemble mais il n'écoute plus. Il a l'impression qu'on lui lit sa liste de courses, il se sent petit, humain, rien du tout : une histoire d'amour résumée à une facture, à une addition, à une énumération, à un regard qu'on évite. C'est triste à pleurer, comme quand il a dû vider la maison de ses parents après la mort de son père. En rangeant la cuisine, il était tombé sur une dizaine de bocaux en verre, sans doute d'anciennes confitures achetées dans le commerce : l'un était plein d'élastiques de toutes formes et de toutes tailles, l'autre de bouts de ficelle, un autre encore était rempli de petits sachets en papier kraft pliés en quatre, et enfin plusieurs bocaux de bouchons de liège, des tas et des tas de bouchons de liège. François avait ouvert les bocaux un à un, surpris, se demandant, à mesure qu'il ouvrait le couvercle de chaque bocal, comment il allait faire pour jeter ça, comment il allait avoir le courage de balancer tout ça à la poubelle, de piétiner en un geste ce qu'une vie entière avait amassé. Il avait aligné les bocaux les uns à côté des autres, avait fait une photo avec son téléphone portable, et soudain, à la vue de ces réserves de petits vieux, de cette vie de bouts de ficelle et de bocaux qu'on réutilise, cette vie de menu fretin, soudain, il s'était mis à pleurer, un sanglot lourd qu'on ne retient pas, sonore comme un chagrin d'enfant, il s'était mis à pleurer comme il ne l'avait pas fait lors de l'enterrement, ni de la mise en bière, ni de la cérémonie, toujours il avait tenu et là il pleurait, il ne mettait pas sa main devant sa bouche pour étouffer le bruit, il n'en finissait pas de pleurer en imaginant ses parents récolter, remiser, conserver, envisager qu'un jour ça pourrait servir alors que le jour était arrivé où ça ne servirait jamais plus.

Alors, après cette longue liste de choses, au moment où Cédric rappelle qu'ils se sont mariés sous le régime de la communauté de biens, François lui coupe la parole et dit, en s'adressant à Cécile, *prends ce que tu veux.*

Le silence autour d'eux.

Cécile regarde enfin François. C'est la première fois qu'il ne se bat plus, qu'il ne discute plus, qu'il ne cherche plus à reprendre le dessus, première fois qu'il la regarde ainsi, sans haine, sans colère, sans griefs. Cécile bredouille, Cédric et Jeanne restent suspendus, François répète, *je te laisse tout, prends ce que tu veux, ça m'est égal,* et il se lève, se dirige vers la sortie et part doucement, sans colère, sans tristesse, juste une immense fatigue, une lassitude si grande qu'il pense à se casser, là, maintenant. Dans la poche de son pantalon, il fait tinter ses clefs de voiture entre ses doigts. Il pense à tout planter, à se réinventer ailleurs, autrement, à changer de nom, de profession, de vie, à se fracasser le visage contre un mur pour être défiguré, à s'écrabouiller les jambes pour réapprendre à marcher, et enfin, peut-être, redevenir quelqu'un, quelqu'un qui vaille le coup. Il pense à cette formule à la con qu'il y avait sur la brochure de l'hôtel : *refaire sa vie*. Combien de fois, pour le consoler, lui a-t-on dit ça ? Combien de fois, pour ne pas se dire que tout s'arrêtait là, s'est-il raccroché à cette idée, imaginant plusieurs vies en une seule, toutes aussi belles, toutes aussi neuves ? Il sait maintenant que la formule est erronée, il ne s'agit pas de lisser la nappe avec le plat de la main pour en enlever les miettes et s'attabler à nouveau, affamé.

Il s'agit d'oubli.

Non de ce qui a été, mais de ce qui pourrait advenir si.

Il quitte l'hôtel, prend une bouffée d'air marin, allume une cigarette et reste là. Il sort la main de sa poche, lâche les clefs de voiture. Il pense à cette fille, Jeanne. Non, il ne va pas partir avant la fin. Sûrement pas. Il revient sur ses pas, va à la réception, griffonne quelques mots sur un papier à en-tête qu'il glisse dans une enveloppe et la laisse à la réceptionniste. Il monte dans sa chambre, un sourire un peu satisfait aux lèvres. Toujours il a rêvé de faire ce genre de trucs. Jamais il n'a osé.

Il s'agit d'espoir.

6

Dans le hall, Cécile cherche François des yeux, sans succès. Il est parti avec lenteur pourtant, mais ils ont mis du temps à réagir, à se lever, à parler, tous dans la salle sont restés un moment comme des cons à ne savoir que faire. Cécile remonte dans sa chambre, calme, un peu abattue, elle aurait voulu parler à François, dire peut-être encore une fois *je suis désolée*, dans un murmure, mais en fait non, elle n'aurait pas pu, elle ne sait plus combien de fois ils se sont expliqués, et lui qui cherchait encore et encore à comprendre, qui revisitait le passé comme on fouille la terre à mains nues, à la recherche d'un indice, d'une preuve, creusant toujours plus profond, s'écorchant les mains, s'arrachant les ongles, et c'est comme si leur passé ne ressemblait plus à rien, et c'est comme si ces années passées ensemble n'avaient plus de sens. Elles n'étaient plus que de la terre retournée, toutes entrailles dehors. Toutes à jeter, pensait François. Il avait dit à Cécile *j'aurais préféré ne jamais te connaître*. Et il le pensait. Une autre fois, excédée, elle lui avait demandé à quel pourcentage il estimait leurs torts à l'un et à l'autre, et, goguenard, mauvais comme il pouvait l'être, il lui avait répondu *cent pour cent, carton plein. Cent pour cent pour toi bien sûr. Bravo. Tu peux donner dix pour cent à ton mec si tu veux.* Et il était parti dans un rire dégueulasse, un rire qui suintait le chagrin. Parfois, il se disait avec effroi qu'il préférerait qu'elle meure, un cancer foudroyant, un sale truc qui vous tombe sur le coin de la gueule justement quand vous faites la belle, quand vous pensez être libre, être jeune, être affranchi, combien d'histoires comme ça, ça court les rues, pourquoi pas Cécile hein, pourquoi pas elle ? Et puis, tout de suite il s'en voulait, tout de suite il se reprenait, il pensait à Valentine, il craignait que ses pensées secrètes lui fassent du mal, comme si c'était possible. Il pensait à son visage allongé, à sa tête quand elle se réveille, à son regard, à son rire, à ses élans de petite fille et il la trouvait si merveilleuse, si singulière, il retrouvait chez elle ce qui l'avait tant charmé chez Cécile et il savait que sous la colère, sous l'amertume, sous la blessure, il était toujours ce garçon qui avait été séduit par cette fille et que si c'était à refaire, il referait tout de la même façon.

Au volant de sa voiture, François fonce dans le soleil couchant, il longe la mer, *qu'est-ce que c'est beau putain.* Quand il est heureux, François a tendance à jurer à haute voix, comme s'il n'avait plus peur du son de sa voix. C'est une de ces journées de début d'été parfaite où le soleil et le ciel bleu semblent éternels. Les peaux ne sont pas encore tannées, épaisses, sèches. Il n'y a pas encore cet abattement du soleil, cette résignation de la chaleur, ceux-là mêmes qui font avoir envie de septembre, envie d'automne à la fin du mois d'août. Non, là c'est l'été comme si c'était le premier, comme si c'était le dernier. Sur la plage les dernières familles lèvent le camp, remballant les affaires sablées, les serviettes ankylosées d'eau de mer, les restes de pique-nique, oubliant une pelle, un râteau, un tube de crème qui bientôt joncheront les fonds de mer, cimetières engloutis de toutes ces parfaites journées de début d'été.

Il conduit avec souplesse, sportif, agile. En lui, un frémissement pas ressenti depuis des années, depuis sa rencontre avec Cécile et il était si jeune, et il ne savait pas que ce frémissement-là, il ne vient nous chatouiller que peu de fois dans une vie, qu'il est si rare même qu'après coup, en jetant un regard derrière l'épaule, on se rend compte que des gens qui ont compté, des personnes qui nous ont touchés, il y en a eu peu. Bien sûr, il y a des moments où on y croit, on croise un rire, un regard, des cheveux, une queue-de-cheval (François a toujours eu un faible pour les filles à queue-de-cheval, sans doute un souvenir immature des tenniswomen de son enfance, de Roland-Garros, du mois de mai, des devoirs faits distraitement avec en fond le bruit du rebond de la balle sur la terre battue et des halètements des joueuses, ces halètements qui venaient le hanter jusque dans son sommeil). On croit sentir notre cœur vibrer comme une corde de guitare, on espère que de ce regard, que de cette peau, que de ce sourire va naître une mélodie, une symphonie, c'est tout notre être qui est musique, qui est vivant, qui est tourné vers la lumière du soleil, assoiffé de chaleur. Il y a un baiser, il y a un sexe, il y a une nuit. Il y a les draps rêches qu'on voudrait quitter avant l'aube. Il y a ce torse dont l'odeur incommode, trop aigre, trop forte, trop et pas assez. Il y a cette bouche molle. Il y a ces bras qu'on ne reconnaît pas, cette peau qui est étrangère, ce corps qui bouge trop vite ou trop lentement, cet embrasement qui ne vient pas, ça devrait, ça vient, je le sens que ça vient, oh oui, j'y suis presque. Et puis non. Au petit matin, on rentre chez soi sans se presser, on a refusé le café proposé alors qu'on a la dalle, c'est qu'il fallait déguerpir au plus vite, on se sent moite et froissé. La douche est prise très chaude et plus longue que d'ordinaire mais on se sent toujours froissé, le frémissement de la veille s'est mué en froissement du lendemain. Il ne nous quittera pas de la journée. Même au bureau, un type à qui on ne parle presque jamais nous dira dans l'ascenseur *tu as une tête de papier mâché ce matin toi !* Et on explosera de rire et soudain tout paraîtra léger, inconséquent, et on n'y pensera presque plus. Des années plus tard on aura même oublié le prénom, le nom de la rue, et ce gâchis, cet espoir mort dans l'œuf. Et le froissement. Ne restera que le frémissement. Cet espoir.

François a réservé dans un bar en bord de mer, il ne sait pas si elle sera là, si elle a eu le message, si elle aura osé. Il est presque aussi excité par la démarche que par le résultat. Il arrive, il est le premier, sur Internet ça avait l'air bien, décontracté, pas trop chic, pas trop guindé, en fait ça l'est un peu mais ce n'est pas grave, François n'a jamais dédaigné le luxe, la distinction, il s'est toujours senti à l'aise dans ce type d'endroits, pourtant ce n'est pas de là qu'il vient, ce n'est pas à ça qu'il a été habitué, mais justement, l'argent, le faste, l'obséquiosité des endroits où on a les moyens lui donnent la sensation qu'il est possible de sortir de soi, de s'en extraire, de s'en arracher comme le visage sculpté émerge du tas de glaise. Les serveurs sont habillés en costume trois-pièces, il y a un piano-bar et de la moquette profonde, des lumières tamisées, il espère simplement que ça plaira à Jeanne, qu'elle arrivera à voir au-delà de ce luxe un peu voyant, qu'elle ne se sentira pas insultée par ce qui pourrait ressembler, si on a l'esprit un peu mal tourné (ou un sens de l'humour comme le sien), à ce qu'on appelle communément un bar à putes. Mais il ne peut pas changer ses plans maintenant, il n'a aucun moyen de prévenir Jeanne, il n'a pas son numéro de téléphone, elle n'a pas le sien, il retrouve cette fragilité de la vie d'avant, la vie des répondeurs automatiques, des codes de porte d'entrée oubliés, de l'attente en bas des immeubles à se cailler les miches, espérant être vu, être entendu, beuglant du trottoir un prénom, parfois rebroussant chemin, saoulé ou au contraire soulagé, cette vie qui lui semble aujourd'hui être celle d'un homme libre, d'un homme fort, d'un adulte. Ce soir, François voudrait tout oublier.

Et puis Jeanne est là, elle entre dans la salle du restaurant, le cherche du regard. Elle est intimidée à mort : soudain ses pas, ses gestes, ses respirations lui semblent faux, excessifs, arythmiques, comme vus de l'extérieur. Et puis ce genre d'endroits ce n'est pas pour elle, elle s'y sent toujours mal à l'aise, toujours à côté, toujours crottée. Elle ignore pourquoi mais le luxe l'agresse un peu. Elle ne ressent, ne voit qu'avec les yeux de ceux qui en sont exclus. Elle a du mal à oublier son éducation, ses parents hippies, leurs vacances dans des bleds dont elle n'a plus jamais entendu le nom, dans des gîtes, dans des granges, à la belle étoile, son enfance nue à l'ombre des arbres de tous ces trous paumés, peuplés de chiens errants, de scarabées mordorés, de rivières émeraude et poissonneuses, de grains de blé mastiqués pour faire du chewing-gum, de mémés aux pieds tordus par une vie de labeur, vivant au milieu des poules dans des fermes au sol en terre battue, de cette campagne sans luxe, sans manières, sans petit doigt levé mais dont le soleil lui tape encore sur la tête, avec une telle force, une telle ardeur qu'il lui semble en ressentir encore la chaleur. Parfois, cette enfance se rappelle à elle comme un épi qu'on voudrait discipliner, hirsute et indocile, et l'eau n'y fait rien, et le gel n'y fait rien. L'enfant de ces étés-là, cet enfant qu'elle était : cheveux courts, taches de rousseur, grimpant aux arbres, cet enfant goguenard qui mord dans une pêche en en foutant partout, le jus coule sur son torse oblong de petite fille, sur son slip de maillot de bain de garçon, sur la coquille d'escargot attachée à une ficelle qu'elle porte en pendentif, comme un talisman, l'enfant regarde cette femme divorcée avec ses deux enfants, avec ce boulot bizarre, dans cet hôtel moderne, portant des vestes, se faisant des brushings, aimant les bijoux dorés et les boucles d'oreilles, et l'enfant se demande *mais qui es-tu toi ?*

François se lève quand il l'aperçoit, son fauteuil en est bousculé, il est ému, ça se voit, il est gêné, et sa gêne rassure Jeanne : ainsi ils sont à égalité, il n'est pas ce mec frondeur qu'il donne l'impression d'être. Ils s'assoient, commandent à boire, font comme si ce rendez-vous était normal, prévu, comme si *l'effet de cinéma* de François n'en était pas un. François voudrait bien lui expliquer la raison du mot laissé à la réception, il voudrait bien lui raconter ce qu'est un *effet de cinéma* justement mais il n'ose pas, pas encore, il n'est pas sûr qu'elle comprendrait, qu'elle y serait sensible.

François parle beaucoup, raconte des anecdotes sur son enfance dans une ville moyenne de montagne, sur ses parents qui sont morts il y a quelques années, il parle de sa fille Valentine, elle parle de ses enfants, ce sentier balisé des conversations quotidiennes, le travail, les enfants, l'école, les vacances, les voyages, les coups durs, l'émotion contrôlée, digérée, surtout pas de larmes, on ne se connaît pas encore assez, et puis les émotions collectives, *tu étais où toi le 11 septembre, tu étais où le soir de la première Coupe du monde, non la deuxième on s'en fout ce n'était pas pareil, tu étais où toi le premier jour du confinement, tu étais avec qui, tu écoutais quoi comme musique, tu te souviens de ce concert, et de ce film, et de cette émission de télé*, et puis, il est presque minuit déjà, la nuit est tombée, ils n'ont pas vu passer la soirée, le bar s'est vidé, il faudrait partir, se séparer, arrêter de parler, mais quand ils y pensent l'un et l'autre, sans se le dire bien sûr, l'idée leur paraît atroce, ils ne se sont rien dit de spécial, rien révélé de vraiment intime mais ce qu'ils ressentent pourtant là, à ce moment de suture du soir et de la nuit, ce moment où les personnes qui ne sont pas des amants se disent au revoir, se font la bise sur le pas de la porte et se souhaitent une bonne nuit, ce moment où chacun rentre chez soi, ce qu'ils savent précisément l'un et l'autre à cet instant c'est qu'ils ne vont pas se dire au revoir sur le pas de la porte, et que c'est ensemble qu'ils vont passer de l'autre côté de l'obscurité, ce côté de la nuit où ceux qui ne sont pas encore amants le deviennent.

Il faut bien partir, pourtant. Le bar s'est vidé, le silence se fait, on entend à nouveau les conversations des serveurs, des serveuses qui rangent la vaisselle, enlèvent les nappes, la trivialité reprend ses droits, dissipant doucement l'ivresse de la bouteille de vin blanc qu'ils ont descendue, le quotidien refait surface, rappelant à Jeanne et François que la nuit avance. Ils sont les derniers. Il faut partir maintenant. François élabore des scénarios dans sa tête, ils ont chacun leur voiture, ils ne pourront pas jouer les ingénus comme quand ils étaient adolescents, comme avec Cécile, quand il avait écrit son numéro de téléphone au marqueur sur sa paume et qu'il avait attendu après, des jours durant, devant le téléphone de sa chambre de cité U, qu'elle se décide à l'appeler. Ils ne pourront pas avoir le luxe de cette spontanéité.

Ils sortent du bar et se dirigent vers l'emplacement où ils se sont garés, à quelques mètres de distance l'un de l'autre, en contrebas, près de la mer, ils marchent en se taisant. Soudain, ils n'ont plus rien à se dire, comme si toute parole pouvait sceller cet instant de bascule, pouvait l'amener dans une direction qui n'est pas la bonne. Ils ont l'un et l'autre peur de rompre cet instant des possibles, si rare dans une vie finalement, à bien y réfléchir cela arrive quoi, dix fois maximum, pas plus, François pense à ça et se dit qu'il voudrait retenir l'instant, le capturer, y vivre même, s'y installer indéfiniment, cet instant où tout est possible mais où rien n'existe encore. Ils arrivent devant la voiture de Jeanne, elle ouvre sa portière avec sa clef, s'excusant presque *l'ouverture centralisée des portes est cassée*. Ce détail émeut François sans qu'il comprenne bien pourquoi, peut-être par simple nostalgie de sa Supercinq Blue Jeans, sa première caisse achetée d'occasion par ses parents pour ses dix-huit ans. Comme il se sentait cool alors, parce que le *blue jeans* c'est pour les jeunes, comme il se sent vieux soudain, parce qu'il y a bien longtemps qu'on ne dit plus *blue jeans*. Jeanne ouvre sa portière, ce sont les derniers instants elle le sait, dans quelques secondes elle se laissera tomber sur le siège du conducteur, ils se diront au revoir et cette intimité qui est la leur à cet instant, elle sait qu'ils ne la retrouveront pas demain, à l'hôtel, où elle sera redevenue celle qui orchestre son divorce, où Cécile, Julien et Cédric existeront à nouveau. Alors, avant de s'engouffrer dans la voiture, debout, accoudée à la portière, elle tourne sa tête vers lui et lui jette un dernier regard, un regard comme une main tendue, comme une bouche entrouverte. Et, chose miraculeuse, François comprend ce regard, saisit la main tendue, il n'est plus le garçon nigaud à qui il fallait tout expliquer, qui ne comprenait rien à la séduction, ne lisait pas les signes, n'interprétait pas les soupirs. Il sait, il n'a plus peur. Il pourrait même dire qu'il l'attendait ce regard, il s'était dit que si elle ne posait pas les yeux sur lui de cette façon avant qu'elle entre dans la voiture, il ne ferait rien, il rentrerait à l'hôtel seul comme un con, son élan froissé dans le cœur, son désir racorni entre les jambes et que, peut-être, tout compte fait, ce serait mieux comme ça. Mais il est là ce regard, il est là maintenant, et il sait qu'il est des instants comme des portes qui ne s'ouvrent qu'une seule fois, bien sûr il y a d'autres instants, d'autres possibles, d'autres portes mais ce ne seront pas celle-là, et c'est celle-là qu'il veut, celle-là qui vient au bout de cette soirée parfaite où ils ont parlé sans se dévoiler, dans la pénombre de ce bar trop chic qui ressemblait à un bar à putes, et ça leur était bien égal, et ils n'ont même pas remarqué que le vin blanc n'était pas bon, que le piano était désaccordé, que l'endroit était vulgaire. Ne comptaient que les visages, et la peau, et le sourire, et les mots et ce que l'on pouvait deviner sous les silences.

Alors François s'approche, très doucement, très tranquillement, il prend la main de Jeanne, l'attire ainsi hors de sa voiture, comme s'il lui faisait contourner un obstacle. Et l'embrasse.

Chapitre 3

Dimanche

1

Jeanne n'a jamais aimé le dimanche matin. Le dimanche non plus d'ailleurs. Il n'a jamais été pour elle ces moments délicieusement alanguis, ensommeillés, crottes au coin des yeux et pyjama mou sur le dos, où tout n'est que plaisir las, flânerie indolente, croissant au beurre et scie sauteuse. Non, pour Jeanne le dimanche, c'est des bruits de perceuse à dix heures du matin, des déjeuners familiaux qui n'en finissent pas, des devoirs d'anglais qui font rester à la maison quand il fait si beau dehors, et cette langueur, et ces paupières gonflées de trop de sommeil. C'est l'ennui, pas un petit ennui de file d'attente non, un ennui profond, collant, visqueux presque, qui s'insinue en vous et vous colle un bourdon dans le cœur, un bourdon dont l'unique remède est l'idée du samedi suivant. Le samedi, cet éternel adolescent à rollers et short échancré, tout droit sorti de Pacific Palisades, dynamique et primesautier, plein de promesses, de gaieté, de légèreté. Un samedi comme un printemps et le dimanche comme un automne, et déjà les feuilles tombent et c'est bientôt lundi.

Quand ses enfants sont nés, elle a pensé que grâce à leur énergie si puissante, si pure, elle arriverait à botter les fesses du dimanche et à le tirer de sa léthargie, elle a imaginé qu'elle ferait avec eux des trucs si chouettes qu'ils rentreraient à la maison épuisés et joyeux, suffisamment tard pour que le bourdon du dimanche soir trouve porte close et s'en aille donner des envies de défenestration ailleurs. Mais non. Même les musées, même la piscine, même les parcs avaient ce goût triste de fin d'été, de jour qui tombe trop tôt. Elle ne pouvait s'empêcher de guetter dans les yeux de ses enfants ce même ennui qui lui donnait envie de pleurer jusqu'au lundi matin. Non, Jeanne n'a jamais aimé les dimanches.

Elle sort de la chambre d'hôtel de François, au petit matin, en tapinois. Elle n'allume pas la minuterie, traverse les couloirs dans la pénombre, pour ne pas se faire remarquer. Elle vient de passer la nuit avec lui dans l'hôtel où elle travaille. D'ordinaire, Jeanne a toujours peur de sortir des clous, d'enfreindre les règles, elle vérifie trois fois sa déclaration d'impôts et son autorisation de découvert. Hier soir, elle n'avait plus peur de rien. Ce matin pourtant, elle mesure ce qui se passerait si on la croisait ainsi, décoiffée et la bouche rougie, sortant de la chambre d'un des clients. Alors elle se faufile discrètement jusqu'à l'escalier que personne n'emprunte. Elle craint de croiser une femme de chambre ou un client matinal dans l'ascenseur. Arrivée au parking, elle se glisse dans sa voiture et souffle enfin. C'est dimanche matin mais elle s'en fout. Ce n'est pas dimanche ni un autre jour, c'est le premier matin, celui qui vient après la première nuit et qui laisse un goût sur les lèvres, sur la peau, dans les cheveux, un goût poisseux et délicieux. Elle se regarde dans la glace du rétroviseur et ne se reconnaît pas : les cheveux emmêlés au sommet du crâne, les lèvres encore rouges de baisers, le menton râpé par la barbe rêche de François. Elle se trouve un air fougueux et sauvage qui ne lui ressemble pas, elle se trouve jolie, différente, neuve, jeune. Elle sent son odeur, mélange de sexe et de transpiration, elle l'aime, elle voudrait ne pas se laver, la garder sur elle comme une empreinte mais c'est une odeur trop voyante. Elle se souvient de la première fois qu'elle l'a sentie, c'était sur sa cousine, elles avaient quinze ans. Jeanne était passée sans prévenir chez elle un samedi après-midi, avait sonné plusieurs fois, et au moment où elle allait partir, sa cousine avait ouvert, surprise, gênée, rougeaude, le visage gonflé comme un fruit mûr, elle avait fait entrer Jeanne et, en lui faisant la bise (cet âge des premières bises pour jouer aux grandes, cette fierté des premières conventions), Jeanne avait senti une odeur nouvelle, acide, salée, douceâtre aussi, bizarrement. Une odeur qui n'émanait d'aucun parfum, d'aucun onguent, une odeur puissante et musquée qui l'avait dérangée, non qu'elle soit nauséabonde, mais ce n'était pas une odeur pour elle, elle le pressentait, elle était intime, indécente presque. Quelques secondes plus tard, sa cousine lui avait présenté Farid, *un copain*, il était assis sur le lit, les draps étaient trop bordés pour être honnêtes, Farid avait trop l'air d'un homme au milieu des posters de chevaux qui masquaient le papier à fleurs. Alors Jeanne avait compris et, sans pourtant rien y connaître, avec une innocence et une naïveté qui frisaient l'imbécillité, quinze ans tout de même, elle avait su que l'odeur sur sa cousine était celle du sexe, de la salive, des sécrétions, des peaux qui se frottent, des bouches qui se mêlent, des mains qui farfouillent, des doigts intrépides, toutes ces choses inconnues et mystérieuses qu'elle ne connaissait pas et qui l'attiraient autant qu'elles l'effrayaient.

Jeanne met la clef de contact, fait vrombir le moteur. Elle a le corps fourbu, courbaturé, étrangement délassé aussi. Des réminiscences de ce matin, de cette nuit, d'hier soir lui reviennent de façon aléatoire, brutale, saccadée, imprévisible, par flashs qui serrent le cœur et le ventre, qui coupent le souffle. Comme une morsure, comme un froissement. C'est délicieux et entêtant. Elle va revoir François tout à l'heure et il faudra faire comme si, éviter de se regarder avec les yeux d'hier soir, oublier les gestes, la peau, les baisers, l'intimité. Elle se demande s'ils vont y arriver, si ça ne va pas se voir malgré tout, si ça ne va pas transpirer d'eux comme on sent une antipathie, une animosité, un non-dit. Cette nuit, quand ils sont arrivés à l'hôtel, ils ont marché dans les couloirs l'un derrière l'autre, sans se parler, sans se toucher, au cas où ils croiseraient quelqu'un. Et peut-être aussi parce que c'était cet instant de la fin des mots, cet instant des corps, des respirations, des odeurs. Ils sont entrés dans la chambre de François, il n'a pas allumé la lumière, ne s'est pas précipité sur le lit, il s'est adossé au mur, comme s'il lui fallait un soutien, une assise, l'a attirée à lui et ils se sont embrassés très longtemps ainsi, debout. Au bout d'un moment, François a dit à Jeanne *viens*, et Jeanne a adoré cette façon de lui dire *viens*, avec une assurance, une douceur, un naturel qui ont ôté la peur, cette peur qui ne la quittait pas depuis la voiture, depuis l'ascenseur. Peur de se montrer nue, de ne pas être assez désirable, de ne plus savoir faire l'amour, de ne plus être à la page (comme s'il y avait des modes, des pratiques dans le vent et d'autres totalement has been). Peur aussi que François soit en fait un détraqué, un tueur, un taré qui voudrait l'attacher au lit, lui couper son soutien-gorge par le milieu et découper ensuite son corps en morceaux (Jeanne éprouve une fascination coupable pour les faits divers, spécialement ceux à caractère sexuel). Mais surtout, peur de ce corps étranger, inconnu : arriverait-elle à l'apprivoiser, à le faire sien, arriverait-elle à l'aimer à nouveau, elle qui avait adoré le corps d'Ismaël au point de croire qu'il était fait pour elle, au point de penser, d'espérer même, qu'elle ne pourrait jamais en aimer un autre, au point de devoir effacer sa présence, son passage quand il l'avait quittée ?

Jeanne arrive chez elle, l'appartement a ce silence des nuits vides où personne n'y a dormi. Elle fonce sous la douche, elle doit être de retour à l'hôtel dans une heure. Sous l'eau brûlante, elle sent son corps à nouveau nu, ce corps qui a été touché, embrassé, pénétré, adoré elle le jurerait. Ce corps qui est le sien et qu'elle éprouve comme s'il était renaissant. Et toujours François, qui lui revient par brûlures, par pointes incandescentes : cette nuit, quand ils faisaient l'amour, avec fougue et maladresse, réserve et émotion, rien à voir avec ces premières fois de cinéma où les corps, forcément impétueux, se trouvent tout de suite, s'entrechoquent, s'épousent et c'est facile, et c'est passionnel, et c'est la jouissance. Là non, c'était plein de désir, d'allant, d'émotion mais il fallait s'ajuster, s'accorder, s'habituer, s'envisager comme un nouveau territoire, comme une topographie à dresser. Ils jouaient tous les deux à être ce que l'autre attendait, sans rien en savoir pourtant. Au moment de leur jouissance commune à quelques secondes d'intervalle, Jeanne avait eu la sensation physique que son cœur allait prendre feu. Quelques instants après, une fois les respirations calmées, à voix basse dans la pénombre, François s'était mis à raconter que ce qu'il aimait le plus dans la vie, c'étaient les moments comme celui-là, où la vie faisait des *effets de cinéma*. Jeanne avait demandé *mais c'est quoi un effet de cinéma ?* Et François avait expliqué *c'est quand tout à coup, au milieu du quotidien, surgit un moment dont tu pourrais presque entendre la musique de fond, dont tu pourrais voir le mouvement de caméra qui l'accompagne, dont tu te sens spectateur et acteur à la fois, dont il est si présent qu'il te fait te sentir plus vivant que jamais. Ce n'est pas forcément un moment de bonheur*, et il avait ajouté *c'est un moment dont tu sais que tu te souviendras.* Et Jeanne connaissait tellement ces moments-là, bien sûr elle n'avait jamais mis ces mots *effet de cinéma* dessus, elle avait toujours plus lu le monde qu'elle ne l'avait vu, mais elle avait saisi tout de suite ce que François voulait dire. Cette intimité immédiate qui allait bien au-delà des corps lui avait fait repenser à son évanouissement dans cette même chambre la veille seulement, et elle avait alors compris ce qui l'avait fait défaillir : cette sensation de présent à laquelle elle n'était plus habituée, cet *effet de cinéma* lui avait collé une gifle comme on réveille quelqu'un d'un trop long sommeil.

Elle avait alors répondu à François *moi j'appelle ça du romanesque*. Il avait acquiescé, songeur, le mot lui avait toujours semblé un peu dégoûtant, sans doute en avait-il une interprétation erronée, galvaudée, comme on dit à tout bout de champ *surréaliste* ou *kafkaïen*, mais là, dans la bouche de Jeanne, ça ne l'était plus, c'était précis, c'était juste, il avait dit *oui c'est ça, du romanesque.*

2

Julien se tient debout à la réception. La nuit se termine, il n'y a pas eu grand monde, si bien qu'il s'est assoupi quelques heures dans la petite chambre attenante. Quand il s'est réveillé, il était presque six heures, l'heure des premiers petits déjeuners, ce moment où l'odeur de café et de pain chaud se répand dans l'hôtel. Une odeur qui est pour Julien celle de l'espoir, sans qu'il sache précisément pourquoi. Les premiers clients descendent à la salle à manger, certains à peine habillés, tout juste douchés, d'autres rasés de près, toilettés comme des chiots de concours. Quelques familles conduites par des enfants énergiques courant seuls dans les couloirs de l'hôtel, dans le hall, laissant leur mère ou leur père des mètres et des mètres derrière eux, démarche lasse des gens trop fatigués pour s'inquiéter.

La veille au soir, seule Cécile lui a commandé un club sandwich et un Coca. Il n'y avait pas un chat, il avait envie de se dégourdir les jambes, et peut-être aussi d'étancher sa curiosité, il les a montés lui-même. À l'approche de sa chambre, il pouvait entendre la voix enjouée de Cécile au travers des parois, elle parlait fort, elle parlait haut, elle riait même, si différente de la femme qu'il avait vue l'après-midi même à la réunion avec le notaire. Il a toqué, persuadé soudain que c'était quelqu'un d'autre qui allait lui ouvrir, qu'il s'était trompé. Mais c'était bien Cécile, elle portait une oreillette, la télé était allumée avec le son éteint, son ordi portable ouvert sur le lit, elle a souri à Julien tout en continuant à parler, lui a soufflé un *merci* à voix basse en lui glissant un billet de dix plié en deux, puis a refermé la porte. Julien n'a pas pu s'empêcher de rester ainsi, le billet plié dans la main, dix euros c'était cool, et puis on entendait si bien ce que Cécile disait, et c'était si tentant, et il avait toujours été si doué pour écouter les conversations téléphoniques de sa mère, pour interpréter les blancs, combler les manques, reconstituer le puzzle des mots. Alors, il a écouté Cécile raconter l'entrevue de l'après-midi, le notaire, le départ de François, et c'était si différent de ce qu'il avait vu lui, de ce qu'il avait compris de la situation, ça n'avait rien à voir même. Cécile était acerbe, bilieuse presque, elle parlait de François avec un agacement qui venait de loin, de si loin que tout faisait sens maintenant, elle disait *non mais il m'a fait pitié, il ne peut pas s'empêcher de la ramener, d'attirer les regards à lui, c'était ridicule, tu l'aurais vu faisant sa grande tirade, c'est une maladie d'être comme ça ! En même temps, c'est très bien, qu'il continue à jouer la grande scène du cinq, ça m'aide toujours un peu plus à me dire que j'ai eu raison, que ce n'était plus possible.* Là, elle s'interrompt, Julien tend l'oreille, il perçoit un embarras, la voix de Cécile se fait plus petite, plus timide, moins narquoise, elle dit *oui oui tu as raison* puis elle ose un *non mais je ne me pose pas la question, c'est juste que ça me conforte dans ce choix, dont en fait je ne doute pas* elle se tait à nouveau *mais je t'aime, ça ne change rien* silence *je ne comprends pas que tu le prennes comme ça* silence *bonne nuit je t'aime.* Silence. Le son de la télé est plus fort soudain, il entend le pschitt de la bouteille de Coca qu'on décapsule, il devine le club sandwich qu'elle entame, qu'elle détaille, impossible à manger en entier sans en mettre partout ce machin-là, il devine le soupir face à l'émission de télé qui n'est pas regardée, il devine la solitude soudain qui tombe comme la nuit d'hiver, il devine l'abattement et cette volonté de tout envoyer balader, *qu'ils aillent tous se faire foutre*, il devine les résolutions intenables de ceux et celles qui se demandent s'ils vont survivre, une fois encore, à la douleur d'aimer, s'ils en sont capables, s'ils en ont envie, s'ils ont les épaules assez robustes et le cœur assez vaillant, si même, après tout ça, ils ne sont pas un peu dégoûtés. Et dans le même temps, il y a cet homme qu'elle aime depuis qu'elle n'aime plus François, il y a ses yeux, sa voix, son rire, ce serait si bien de pouvoir s'en passer, de pouvoir s'en foutre, et en même temps quel bonheur fou d'aimer à nouveau, quel espoir.

Julien voit arriver Cécile pour le petit déjeuner, il est presque neuf heures. Elle a le visage chiffonné par l'insomnie, le T-shirt froissé par sa valise. Elle s'approche de lui, le salue, sa voix est si différente de celle de la veille au soir, il ose un *la nuit a été bonne ?* faussement décontracté, Cécile ânonne un *pas trop, je n'ai dormi que deux heures.* Julien a l'impression qu'il peut faire quelque chose pour elle, il rectifie *cent vingt minutes.* Cécile le regarde, interdite, *oui, cent vingt minutes, si vous voulez. Je voulais savoir s'il était possible de se faire masser, même si je n'ai pas souscrit à la formule Neige de bien-être ou Boule de bien-être, je ne sais plus ?* Julien a l'impression qu'elle n'a pas compris, souvent, dans sa vie, il a dû expliquer ses blagues. Il aimerait être de ceux qui font mouche en une phrase. Là, ce n'est pas d'humour qu'il s'agit, mais il lui semble que le problème est le même, alors il ajoute *parce que, parfois, ça aide de jouer avec les chiffres, ça rassure. Dormir deux heures c'est peu, alors que dormir cent vingt minutes, ce n'est pas si mal.* Cécile ne dit rien, elle regarde ce jeune garçon chevelu, le prénom sur son badge, sa tronche enfarinée, elle pense savoir à qui elle a affaire, encore un qui ne supporte pas qu'on dise la vérité, qui va vous vendre la soupe du bonheur, ce miel dont il faudrait s'enduire pour se lécher les uns les autres comme des chiens, encore cette réussite obligatoire, alors Cécile explose, là devant Julien qui n'y est pour rien, elle explose, elle est hors d'elle soudain, elle a envie de foutre le camp et de tous les gifler avant, elle dit *non, je n'ai pas dormi cent vingt minutes, j'ai dormi deux heures, ce n'est rien de dormir deux heures, rien du tout, c'est de la merde de dormir deux heures, tout comme c'est de la merde de divorcer, de se séparer, de ne voir son enfant qu'une semaine sur deux, vous pourrez me dire tout ce que vous voulez, habiller tout ça de soie, de diamants, de luxe et de bien-être, il n'empêche que la réalité c'est ça. Oui, on peut vivre des choses magnifiques après, connaître l'amour, renaître, refaire sa vie, toutes les expressions toutes faites de votre brochure, mais moi je voudrais qu'on me laisse au moins ça, cette blessure, cet échec, parce que si on m'enlève ça, alors je serai une personne sans passé, sans souvenir, sans histoire, une personne à la peau adoucie par les massages, au corps musclé par le yoga, à l'esprit relaxé par la méditation et je ne sais quelle connerie de bien-être, mais une personne faite de vent, de rien, de vide. Quelqu'un qui n'aura rien appris. Alors non, je n'ai pas dormi cent vingt minutes, j'ai dormi deux heures, je suis fatiguée d'avoir trop pensé, trop bataillé contre la nuit, je voudrais un massage et un café s'il vous plaît.*

Julien se tait, baisse la tête, affolé en lui-même, envie de chialer, envie de s'excuser, soudain Jeanne est derrière lui, elle lui prend doucement la main, elle s'adresse à Cécile, lui dit *bien sûr, Julien va vous chercher un café et pour le massage, onze heures ça vous va ?*

3

Jeanne et Cécile sont assises l'une en face de l'autre sur un des canapés d'extérieur de la terrasse de l'hôtel, face à la mer. Il y a ce soleil voilé des matinées de printemps, ce soleil un peu gangster, qui promet sans se donner tout à fait.

Cécile boit un café pendant que Jeanne étale une petite plaquette de beurre salé sur des tartines. Elle les dépose devant Cécile en disant *le beurre doux, je ne vois pas l'intérêt. Une tartine, c'est forcément au beurre salé.* Jeanne se voudrait décontractée, naturelle, badine presque mais elle n'y arrive pas, elle ne pense qu'à François, qu'à son corps, qu'à son souffle, qu'à ses mots un peu sales, un peu culs, susurrés au cœur de la nuit et qui avaient l'air d'être des odes, des sonnets : jamais la vulgarité ne lui avait paru si belle, si douce, si amoureuse. Elle ne peut s'empêcher de penser aussi que Cécile connaît le corps de François mieux qu'elle, depuis plus longtemps qu'elle, elle ne peut s'empêcher d'être troublée par cette intimité différée, secrète. Elle a toujours été un peu gênée avec ça, quand elle croisait une ancienne conquête d'Ismaël, elle avait l'impression que quelque chose les liait l'une à l'autre, comme si la peau, les muqueuses gardaient le souvenir des étreintes. Comme si la vie n'était en réalité qu'une gigantesque partouze. Ainsi, assise face à Cécile qui mâchonne ses tartines doucement, sans faim ni conviction, elle se sent gênée par cette intimité que Cécile ignore, et même si elle la connaissait, elle ne dirait rien bien sûr, on ne parle pas de ces choses-là, on ne raconte pas les corps qu'on a connus avec celles ou ceux qui les ont connus aussi, on ne partage pas ce vécu comme des consommateurs, on ne fait pas d'études comparatives et c'est tant mieux : *ah et avec toi il faisait ça aussi, il t'a dit ces mots-là, ah tiens il y a une variante moi c'était plus poétique, moi c'était plus cru, comment ça il ne t'a pas touché les seins, il a crié, il a soupiré, il a tenu deux minutes ?* Bien sûr qu'on ne fait pas ça, bien trop gênant, bien trop intime, bien trop périlleux, allons un peu de sérieux.

Et puis, face à ses tartines au beurre salé, Cécile sent un immense chagrin lui monter aux yeux, lui monter au cœur, et c'est comme une vague qui se fracasse en elle, qui l'inonde, la submerge et contre laquelle elle sait qu'il ne faut pas lutter. Les larmes, ça vous assaille comme la douleur : plus vous luttez contre elle, plus elle vous transperce, vous traverse. Si vous tentez une esquive, elle revient plus chargée encore qu'auparavant, et cette fois-ci ce ne sera pas une simple vague mais les grandes marées. Cécile se souvient de la douleur des contractions lors de la naissance de Valentine, ces vagues qui semblaient racler le fond de son ventre et se briser à l'intérieur dans un flot d'écume, disparaître quelques secondes après pour mieux revenir. Elle se souvient qu'elle n'avait pas eu peur d'avoir mal, pas eu peur d'avoir les entrailles dévorées par la douleur, au contraire, elle s'y était laissée glisser, elle s'y était offerte, la péridurale n'avait pas marché, alors elle avait laissé son corps absorber le mal, elle avait accueilli la douleur en respirant et plus elle avait mal, plus elle était tranquille, *inspirez expirez inspirez expirez*, et plus elle avait mal et moins elle souffrait, c'était vertigineux, et soudain elle avait poussé, une fois, deux fois pas plus, on lui avait dit de tendre les bras, elle n'avait pas compris pourquoi, et ses mains avaient saisi Valentine entre ses jambes, rouge et poisseuse, et alors il n'y avait plus eu de douleur du tout, plus de mal, plus de bien, il y avait cet enfant qui pleurait, et François qui pleurait, et elle qui pleurait, et elle ne s'était jamais sentie aussi puissante de toute sa vie.

Jeanne entend le sanglot de Cécile, ce n'est pas un sanglot très sonore mais c'est à la main qui cache son visage qu'elle comprend, qu'elle entend ce qui aurait pu être noyé dans les bruits du dehors, ces bruits qui soudain n'existent plus. Cécile pleure.

Peut-être est-ce parce que ces deux femmes ont aimé le même homme, qu'elles ont caressé et adoré le même corps, peut-être est-ce justement parce que Jeanne en a éprouvé de la gêne, du rouge aux joues qu'elle se permet, à cet instant où Cécile pleure, de s'asseoir à côté d'elle, de la prendre par les épaules, de lui dire *là là ça va aller*, de lui donner un mouchoir puis de se taire et de la laisser pleurer parce qu'en vérité, il n'y a rien de pire que quelqu'un qui ne vous laisse pas pleurer, qui veut arrêter le flux, faire rentrer les larmes dans les yeux comme on force un enfant à manger à la cantine, et qu'il ne reste plus personne et que vraiment tu ne sortiras pas de table tant que tu n'auras pas fini ces choux de Bruxelles, je te le garantis. Jeanne sait qu'au contraire il faut laisser rouler les larmes sur les joues, ne pas les ravaler, ne pas les reprendre et ce n'est qu'après, dans ce temps où les larmes se tarissent et où les joues sèchent, laissant souvent place à un grand délassement, comme une plaine, comme une vallée, Jeanne sait que ce n'est qu'à ce moment-là que les mots arrivent, que les mots consolent, parfois. Jeanne sait ça. Alors elle garde son bras autour des épaules de Cécile, et elle se tait. Elle attend. Elle sait que les mots vont venir. Ils viennent toujours. Les larmes ont ce pouvoir-là : elles appellent les mots.

Au bout d'un moment, Jeanne serait bien en peine de dire combien de temps exactement, les sanglots de Cécile s'espacent, se calment, elle essuie ses larmes avec le revers de sa manche, Jeanne enlève le bras autour de ses épaules. Alors, Cécile dit d'abord *je suis désolée*. Puis elle ajoute *mais être ici, forcément, ça remue*. Elle semble presque se justifier, se dédouaner *je n'aime plus François, mais je suis si triste que nous ayons échoué là où nous étions certains de réussir, si triste que cette famille que nous avions créée, dont nous étions si fiers, n'ait pas fonctionné.* Un instant elle se tait et Jeanne pense qu'elle n'ira pas plus loin, qu'elle ne peut sans doute pas le faire et que ce n'est pas grave. Il n'y a pas que les larmes qui s'arrêtent parfois au bord des yeux, il y a aussi les mots qui peuvent rester au bord des lèvres comme ces gens qui regardent passer les voitures sur les ponts d'autoroute, spectateurs de vies qui vont à une autre vitesse. Pourtant, Cécile poursuit, et sa voix se fait plus douce, plus chaude, elle chuchote presque *quand j'ai rencontré François, je ne connaissais rien à l'amour, rien au couple, je ne savais pas ce que ça signifiait de partager ses jours et ses nuits avec la même personne. J'en rêvais adolescente, je voyais les couples main dans la main au lycée, jouer aux grandes personnes en allant en vacances chez pépé mémé, en dînant avec les parents, en faisant tout comme les grands avec un naturel qui me laissait coite, moi qui avais encore du mal à parler à un garçon sans en être troublée. Moi qui n'avais pas grandi assez vite, moins vite que les autres en tout cas. Quand j'ai rencontré François, j'ai pensé que c'était enfin mon tour, que moi aussi j'allais un peu jouer à la grande, que moi aussi j'irais acheter des photophores laids dans les magasins de déco, que chez moi aussi ils prendraient la poussière !* Cécile pouffe soudain, de ces rires qui s'excusent, de ces rires qui tentent de faire oublier les larmes, de dire aux autres qu'on est une fille sympa, une fille pas chiante, une fille joyeuse, que les larmes c'était pour de faux, c'était un moment de faiblesse, regardez comme je ris, voyez comme je reprends vite le dessus, mais regardez un peu, et surtout n'ayez pas peur. Et riant ainsi, Cécile cache ses dents. Jeanne devine une adolescence marquée par un appareil dentaire en ferraille, peut-être même un casque la nuit avec des élastiques, elle devine la peau qui ne bronze pas et les poils aux pattes, l'absence de formes et le corps androgyne, elle devine en un geste le chemin parcouru par Cécile pour devenir la femme qu'elle est aujourd'hui, et cela la bouleverse. Cécile poursuit *cette découverte de l'amour, de la vie à deux, ça a été un bonheur infini. J'ai tout découvert avec François. Le sexe bien sûr, mais aussi la vie douce, la vie de copains, les recherches d'appartements, les petits matins noirs d'hiver, les nuits à parler ou à se tourner le dos, la rancœur après les disputes, la cuisine, ces recettes que l'on se fait à deux et qui deviennent des rites, des repères sur lesquels se reposer quand tout flanche, quand tout chavire. La vie à deux, ce rempart. Il y a ce tremblement qui s'est apaisé, à tel point que je l'ai cru disparu. Je me suis vue transformée. J'ai pensé que c'était pour toujours. On s'est marié, c'était un peu cucul comme mariage mais j'ai aimé ça, ça n'était pas tout à fait nous mais ça ne m'a pas dérangée, au contraire, j'ai eu le sentiment d'ouvrir l'album de photos que mes parents avaient fait pour moi, avec des photos orange et passées de moi bébé en salopette tricotée, de moi petite fille en col roulé qui gratte et cagoule marron, de moi adolescente en sweat-shirt large qui cache la femme, et d'y ajouter une nouvelle photo, déjà un peu vieillie, déjà un peu datée de moi mariée en robe bouffante. Elle avait sa place dans l'album, cette photo-là.*

Et puis Valentine est née, et avec elle, l'amour et l'inquiétude sont entrés dans notre vie. Et le tremblement est revenu, plus fort encore, plus puissant qu'il ne l'avait jamais été, un tremblement capable de me couper le souffle, de me voler le sommeil. François et moi nous sommes remis à trembler tous les deux et nous ne savions pas que nous tremblions encore, et nous pensions, avec beaucoup de naïveté je me dis aujourd'hui, que ni l'un ni l'autre ne tremblerait plus jamais. Et ce tremblement nous a détournés l'un de l'autre, nous empêchant de nous prendre dans les bras, nous empêchant même de nous parler en nous regardant dans les yeux, nous tremblions si fort, et nous avions si peur, doucement, nous nous sommes détournés l'un de l'autre pour ne garder que l'essentiel : soi-même et Valentine. Nous devions sauver notre peau, calmer le tremblement, arrêter d'avoir peur, nous aurions dû voir, nous aurions dû sentir le danger, en parler à quelqu'un, demander de l'aide, je ne sais pas... Mais nous étions trop fiers, nous étions trop jeunes, nous ne savions pas qu'avoir peur isole, qu'avoir peur creuse des galeries en soi, des galeries que personne ne devine parce qu'elles sont si profondes, si humides que même l'écho de sa propre voix n'y résonne pas. Il y a évidemment d'autres raisons à notre échec, à notre séparation, des conflits, des rancœurs, des oublis, rien de glorieux en définitive, la cuisine des couples, vous savez. Mais rien n'est aussi important que ce tremblement que ni l'un ni l'autre n'a su calmer, n'a su apaiser, n'a su dompter.

Cécile se tait. Elle ne pleure plus du tout désormais. Cette colère qui l'anime depuis la séparation et qui est le nouveau visage de sa tristesse a disparu. Il n'y a rien de miraculeux, pourtant. La colère reviendra. L'amertume reviendra. La culpabilité reviendra. Elle le sait. Elle espère simplement qu'elles s'atténueront, qu'elles se dilueront dans la vie.

Sur le moment, Jeanne ne sait pas quoi dire. Elle ne pense plus à François, plus à sa bouche, plus à son petit cœur à vif depuis la nuit, elle écoute Cécile, et c'est comme retrouver la terre meuble quand elle se sentait en suspension depuis la veille au soir, depuis François. Et c'est bon de redescendre, de remettre sa tête sur ses épaules, de sortir de la fièvre, des lèvres qui brûlent encore d'avoir trop embrassé, du corps encore fourbu d'avoir trop étreint. C'est bon de revenir à soi. L'amour rend furieusement autarcique.

Jeanne pourrait dire à Cécile que beaucoup des couples qui passent par ici ont ce même regret de la famille qu'ils n'ont pas réussi à garder, cette même sensation d'avoir été des enfants, des naïfs, des inconscients, cette même culpabilité de faire du mal à leurs enfants, mais Jeanne sait aussi qu'il est inutile de lui dire ça : la douleur ne regarde que soi, elle a les contours de notre corps, les traits de notre visage, elle a notre souffle et notre démarche. Elle est notre sœur et notre enfant. Celle des autres n'est jamais la même, jamais comparable, jamais évaluable. Bien sûr, il y a des évidences, des situations terribles, affreuses, des cauchemars éveillés qu'on ne voudrait pas avoir à traverser, bien sûr il y a de la relativité. Mais ça ne dure pas, rien à faire, ça ne dure pas. On a beau se raisonner, calmer la tempête en soi, toujours les vents mauvais reviennent, toujours ils soufflent en nous, ébouriffant les cheveux. La douleur est un épi indocile. Le sien. Jeanne sait ça. Alors, comme elle le fait si bien, Jeanne va chercher en elle, elle suit la piste de sa propre séparation avec Ismaël, de son propre chagrin, elle la suit comme un chien, la truffe dans la boue, elle renifle à la recherche de preuves, d'indices probants. Et elle trouve.

Alors elle demande à Cécile *avant de rencontrer François, vous aviez déjà vécu seule ?* Cécile la regarde, un peu surprise, la question n'a pas grand-chose à voir avec ce qu'elle vient de livrer, de chuchoter même à l'oreille de cette fille qui lui inspire confiance, dont elle a aimé presque tout de suite le sourire, les yeux rieurs, et la mélancolie qu'elle dégageait sans s'en rendre compte. Peut-être s'est-elle trompée, les gens sont parfois si décevants, et s'il y a bien une chose que Cécile ne supporte pas, c'est la déception, cet espoir placé en quelqu'un comme on parie sur un cheval : en visant le gros lot. Et encore une fois, c'est comme si tout son être se fissurait un peu plus, se brisait à nouveau et elle se demande si on ne finit pas sa vie une pelle à la main, la tronche dans le caniveau, à ramasser les êtres en morceaux *tiens voilà un nez, oh une joue, chouette un fémur et ce truc un peu dégoûtant qui palpite là, comme un poisson hors de l'eau, ne serait-ce pas un cœur, par hasard ?*

Cécile répond *non jamais. Je vivais chez mes parents, j'ai rencontré François très jeune, j'avais vingt ans.* Alors Jeanne sourit, la piste était bonne et c'est comme si cette fille qu'elle connaît à peine lui devenait plus proche encore. Outre François, outre le divorce, Jeanne a soudain envie de prendre cette fille dans ses bras. Alors elle lui dit *si vous n'avez jamais vécu seule, alors tout ira bien. Tout ira si bien qu'un jour, vous regarderez votre vie, vous la trouverez belle comme cette lumière de fin d'été. Et ce sera votre vie à vous. C'est vous qui l'aurez créée, qui l'aurez façonnée, à mains nues. Croyez-moi, il n'y a rien de plus beau que de choisir. Et c'est ce que vous avez fait. Vous avez choisi.*

4

François a raté le petit déjeuner. Il a dormi jusqu'à onze heures, comme il ne l'avait pas fait depuis des années, et il s'est réveillé groggy, fripé, ne sachant plus pourquoi il était là, pour divorcer ou pour baiser, et cette interrogation matinale lui a paru passablement limite. Il se lève avec une légère gueule de bois, ce vin blanc n'était peut-être pas si bon tout compte fait, il vérifie que Jeanne n'est plus là, sous la couette, dans la salle de bains, dans les toilettes et en éprouve une déception fugace qui le réjouit. C'est bon signe d'être déçu, un sacré bon signe oui. Il sait, bien sûr, qu'elle est partie très tôt, elle l'a prévenu qu'elle travaillait et qu'elle devrait repasser chez elle se changer, il l'a entendue partir, il était déjà réveillé, mais il vérifie tout de même pour voir ce que ça lui fait, cette absence. Ça fait si longtemps qu'il n'a pas dormi avec une femme qu'il a oublié comme ça change tout de ne pas dormir seul. François se dit qu'il a vécu quinze ans avec Cécile et qu'il a suffi d'une seule année de séparation pour oublier et ça le rassure : il est donc capable d'oubli. Il peut passer du définitif au provisoire. Bien sûr, il a rencontré des femmes cette année, des femmes qui n'avaient rien définitif, ils se sont parfois revus, un restau, un cinéma, un dernier verre, mais assez vite ça le rendait triste et résigné, triste et renfrogné, parce que c'était fade, parce qu'il avait envie d'être ailleurs, d'être autrement, parce que l'espoir se transformait assez vite en ennui. Cette nuit, il a réalisé que c'était la première fois depuis Cécile qu'il a fait l'amour avec une femme sans se tirer dans l'heure qui suit, première fois aussi qu'il s'est endormi après l'orgasme sans ressentir le moindre malaise, la moindre étrangeté et il en a été si troublé, si ébahi qu'il n'a dormi que par bribes, comme on reste à la surface de l'eau, sur le qui-vive, prêt à tout moment à en sortir. Quand Jeanne s'est levée, a rassemblé ses affaires et a quitté la chambre, il n'a pas ouvert un œil, il a eu si peur de découvrir au petit matin qu'il s'était trompé. Que l'emballement de la veille n'était peut-être qu'un affolement des sens, et rien de plus. Il se sait capable de dire *je t'aime* dans l'euphorie des corps qui se trouvent, il a déjà fait ce genre de conneries, certain sur le moment de le penser, de le sentir, il y a des signes qui ne trompent pas, tout ça. Mais ce n'était pourtant que son désir qui parlait, et le lendemain il se sentait pris à son propre piège, ne cessant de se répéter en lui-même *quel con*, fuyant lâchement en ne donnant plus signe de vie à la fille en question.

Il y a quelques semaines, à la fin de l'hiver, il flottait dans l'air cette odeur de printemps qui rend brutalement heureux, cette heure du matin où l'on sort de chez soi et soudain il ne fait plus nuit, et soudain l'air embaume la sève, le jasmin, et c'est tout le corps qui éprouve cette joie enfantine des premières chaleurs, des premières fraises, des premières fois. Chaque printemps semble être le premier, et c'est ce que pensait François ce matin-là, ce matin de fin d'hiver, en sortant de chez lui, et ce printemps lui donnait furieusement envie de dîner avec une femme, de l'embrasser avec fougue, d'être amoureux. En arrivant au boulot, il avait rappelé une fille rencontrée à une fête quelques semaines auparavant, le soir même ils avaient dîné ensemble, puis assez vite, ils étaient allés chez lui, et dès qu'il l'avait embrassée il avait su que l'embrasement serait de courte durée, qu'il n'y aurait pas de je t'aime, pas d'espoir, juste ce foutu printemps qui vous fait perdre la tête. Il lui avait gentiment demandé de partir juste après qu'ils eurent fait l'amour, il devait se lever tôt, le boulot tout ça, elle l'avait fait sans en prendre ombrage, c'est du moins ce qu'elle avait laissé paraître, elle avait même fait une blague en partant, il s'en souvient désormais, une blague tordante qui l'avait fait rire, et il s'était dit que, sans cette odeur de printemps qui fait mine de vous rendre vos seize ans, cette fille aurait pu être une bonne copine. Mais dès le lendemain pourtant, ce n'était pas vraiment les messages d'une bonne copine qu'il avait reçus, plutôt ceux d'une fille qui se sent humiliée, qui se sent prise puis jetée et, *pauvre conne, qui a même fait une blague en partant*. Le soir, elle s'était pointée chez lui pour lui hurler *espèce de connard*, *pauvre mec* et il s'était senti tellement misérable que ça l'avait rendu mauvais, il l'avait foutue dehors sans une excuse, cette fille drôle qui ne méritait pas ça, puis il s'était mis à chialer comme un con, comme un sale con qu'il était depuis que Cécile l'avait quitté. Alors il lui en avait voulu encore plus fort, outre le chagrin, outre le fait de ne plus voir Valentine qu'une semaine sur deux, outre la douleur qu'elle leur avait infligée à tous les deux, il pleurait sur ses illusions perdues, sur tout ce que cette séparation avait abîmé, avait gâté en lui et sur la personne désabusée qu'il était devenu et qui lui semblait définitive.

Dans ces moments-là, il en profitait pour appeler Cécile, il trouvait toujours un prétexte affectif ou matériel, l'envie soudain de savoir comment s'était déroulée l'évaluation de maths de Valentine, la box internet qui était encore à son nom, une signature manquante pour l'inscription à la danse classique, des affaires de piscine qui avaient disparu, *elles ne seraient pas restées chez toi par hasard, cherche bien, au fond de l'armoire à droite, derrière les chaussures, non ?* Cécile était sur ses gardes, elle le connaissait si bien, elle savait qu'il pouvait décider que c'était maintenant qu'il allait lui régler son compte et tout lui balancer, même si tout avait déjà été dit, pleuré, hurlé à la figure, il lui fallait le dire encore pour qu'elle comprenne, parce qu'il n'était pas certain qu'elle ait bien compris, qu'elle ait bien mesuré les conséquences de sa petite crise d'adolescence égoïste et volage : elle avait brisé sa vie, brisé sa famille, brisé sa propre fille, quelle mère était-elle pour faire ça, et enfin, elle l'avait brisé, lui. Au début,

Cécile se défendait, expliquait, argumentait, se justifiait, et puis, au fur et à mesure, elle s'est mise à accepter les injures, les reproches, le fiel, la mauvaise épouse qu'elle était, la mère coupable et égoïste qu'elle était, à laisser couler l'eau sur elle pour ne pas s'éroder, pour ne pas se briser à son tour. Sur le moment, ça rendait François encore plus fou, il préférait les engueulades franches que les tronches qu'on tire pour ne pas crier, il préférait le bruit au silence, le chaos à l'oubli.

Il y a ceux qui savent s'engueuler, qui manient le verbe comme un sabre, qui portent la voix sans tressaillir, ceux qui résistent à la violence d'un conflit, d'une embrouille, il y a ceux qui savent faire ça, gueuler un bon coup, taper du poing sur la table et ne pas la quitter, *merde à la fin !*, ne pas baisser les yeux. Cette faconde-là. C'est qu'on est soupe au lait, parfois. Et puis il y a les autres, ceux que le conflit effraie, repousse, ceux qui dans la vie choisissent le chemin le plus long, celui où on ne s'engueule jamais, ce labyrinthe d'une vie sans conflits, sans opposition, une vie de colère rentrée, de ressassement, de non-dits, de respiration pour ne pas exploser, pour ne pas devenir fou, aigri, méchant. Une vie sans s'engueuler, de peur de se briser. On les dit lâches, pleutres, mais ce n'est pas de ça qu'il s'agit, il s'agit de résistance, d'endurance, il s'agit de ne pas s'effondrer, c'est tout. Il s'agit surtout, la plupart du temps, de ne pas pleurer.

François est de ceux qui savent piquer un coup de sang, Cécile de celles qui font tout pour ne pas pleurer. Lui préfère gueuler un bon coup puis se repentir le lendemain, rappeler contrit, désolé, craignant d'avoir tout abîmé, d'avoir tout compromis, pensant soudainement à Valentine, aux conséquences d'une brouille, et si Cécile décidait de quitter le pays avec la gamine, et si elle demandait une garde exclusive, il connaît les histoires des mères qui ne rendent pas les enfants le dimanche soir, des pères dépossédés qui montent en haut des grues pour hurler leur chagrin. Il était agité de pensées contradictoires et incessantes : il était si malheureux. Et Cécile qui ne réagissait plus à rien, ni aux cris ni au pardon, Cécile qui était amoureuse d'un autre homme et que rien ne semblait plus pouvoir atteindre. Et c'était encore pis, cette colère qui ne faisait même plus pleurer, cette flèche qui n'atteignait même plus sa cible. C'est si humiliant de n'être plus aimé.

Alors François n'avait d'autre choix que de redevenir le François qu'on connaît, un peu hâbleur, drôle, sympa, le type qu'il est difficile de détester. Parce que s'il y avait bien quelque chose avec lequel elle ne pouvait pas partir, c'était ça.

Voilà à quoi pense François ce dimanche matin qui ne ressemble à aucun autre, dans cet hôtel où il passe sa dernière journée d'homme marié, après avoir passé sa première nuit d'amour avec Jeanne. Il ouvre grand les fenêtres, il avait oublié l'odeur si particulière du sexe, cette odeur salée, piquante, suave et fétide à la fois. Ce soir, il sera divorcé, ce soir, il rentrera chez lui, il trouvera son appartement, celui dans lequel ils ont vécu avec Cécile, et comme toujours quand il rentre chez lui après une absence, il se demandera ce que ça va lui faire, en tournant la clef dans la serrure, ce que ça va lui faire oui, de ne plus y voir les affaires de Cécile. Un an après, il n'est toujours pas habitué, et quand il rentre chez lui, il est toujours surpris, choqué presque de découvrir le salon plus nu, la bibliothèque qui s'est clairsemée. Il en est sincèrement surpris, comme son père à la fin, qui avait tellement perdu la boule qu'il ne se souvenait pas que sa femme était morte des années auparavant et qui, quand il s'inquiétait auprès de son fils de ne plus avoir de nouvelles de *sa femme*, comme si cette femme n'était plus la mère de François, comme si François n'était plus son fils, quand il s'en enquérait donc, avec inquiétude, et que François lui répétait à nouveau qu'elle était morte, il fallait voir le visage de son père se friper comme un pruneau, la bouche effectuer cette drôle de grimace d'enfant triste, comme un sourire à l'envers, il fallait voir oui, ce petit vieux de plus de quatre-vingt-dix ans revivre l'annonce de la mort de sa femme et se mettre à sangloter, en robe de chambre et tatanes, dans les bras de son fils qui n'était plus un petit garçon depuis bien longtemps mais qui avait soudain envie de pleurer sa mère, à nouveau. Et de pleurer son père, aussi.

Pour cette dernière journée, François a un ultime rendez-vous avec Cécile, Jeanne, Cédric le notaire, leur avocat à chacun, pour signer le divorce. Pour en finir, enfin. Pourtant, s'il est très honnête, ce n'est pas à ça qu'il pense, pas au divorce, pas à Cécile, pas à Valentine qu'il retrouvera demain soir à la sortie de l'école. Non, il pense à Jeanne, à sa peau, à ses halètements, à son cul, à leur étreinte dans la nuit. Il y pense comme on tombe dans un trou, happé tout entier dans les souvenirs hachés, irréels presque, et il tombe oui, il se sent lâcher prise, glisser. Il voudrait pouvoir se retenir, attraper une corde au passage et rebrousser chemin, remonter la pente, sortir du trou, remettre sa chemise dans son pantalon, son costard en place, se recoiffer en se matant dans la glace comme un beau gosse qu'il n'est pas, et repartir à sa vie sans Cécile, sa vie de père tout seul, attablé le soir face à son enfant, bon appétit ma chérie bon appétit papa, et ce silence des parents seuls avec leur enfant, ce silence qui donne envie de pleurer au début et auquel on s'habitue, ce silence qui n'est pas joli et qui ne ressemble en rien à ce qu'on imaginait de sa vie de famille avant d'en avoir une. Il voudrait pouvoir rebrousser chemin et revenir à sa vie, sa vie qui n'a plus vraiment d'envergure ni de forme, sa vie plus petite parce que voir grand c'est prendre le risque de faire un pas de côté et de tomber, parce qu'il a eu si mal qu'il considère désormais tout ce qu'il a aujourd'hui, Valentine, son métier, son appartement, ses amis, comme une chance, comme une planche à laquelle il s'accroche en se laissant dériver doucement, pas de mouvement brusque, pas d'effort inconsidéré, pas d'énergie dépensée, seulement le courant, la douceur, la vie qui coule et ainsi, peut-être, qui vous laissera tranquille.

Pourtant, ce dimanche après cette nuit d'amour où il a oublié la planche et s'est laissé glisser dans l'eau et c'était si bon, et c'était si fort, il se prend à imaginer Jeanne au milieu de cette vie, il voit Jeanne et Valentine et l'image est jolie, et l'image est douceur, il y a une petite musique souriante et une raquette de tennis rangée dans un coin, il porte un short de tennis moulant et Jeanne une jupette à volants, Valentine n'est pas décoiffée, elle n'a pas perdu ses dents de devant, elle n'a pas de chocolat autour de la bouche, elle n'est pas de mauvaise humeur parce que dans la famille on n'a jamais les sourcils froncés et la tête farcie de catastrophes au réveil, de centrales nucléaires et de pandémies, de bilans sanguins inquiétants et de peur du cancer, de vie qui ne vaut pas le coup d'être vécue et autres joyeusetés des matins noirs d'hiver, absolument jamais, non. Ils boivent du jus d'orange et mangent des viennoiseries disposées dans une corbeille mais ils pourraient tout aussi bien manger des œufs au plat ou du porridge, il y a de tout sur cette table c'est formidable, ils rient et surtout ils parlent, ils ont des tas de choses à se dire, et Valentine est heureuse, elle adore Jeanne, elle ne souffre pas que ce ne soit pas sa mère, et si on allait faire un tennis, mais oui quelle bonne idée, d'ailleurs j'ai déjà la tenue comme c'est pratique. Et François imagine, mais il n'y a que ça qui lui vient, des images de bonheur de publicités, des images qui ne sont pas les siennes, des images qui ne le font pas rêver, en fait, il les trouve même un peu débiles, un peu moches : quand il rêve au bonheur, à la famille, plus rien ne vient, les images se sont effacées, elles aussi sont tombées dans un trou. Il n'a pas réussi à séparer le bon grain de l'ivraie : pour oublier Cécile il a tout balancé à la benne. Il pensait alors qu'on ne pouvait pas choisir ce qu'on veut oublier.

Hier encore, il pensait ainsi, avec amertume, avec regret, avec cette légère aigreur que le temps dépose en vous quand la vie fait mal, parce qu'il faut bien se faire une raison, parce que devenir un vieux con parmi tous les autres qui deviennent aussi des vieux cons, ce n'est pas si grave, entre vieux cons on ne se voit plus, on ne sent plus et on peut se dire tranquillement qu'après tout, on n'avait pas vraiment le choix.

Mais aujourd'hui, il y a cet amour, car c'est bien de ça qu'il s'agit, cet amour qui s'offre à lui, accompagné de ses fidèles disciples, l'espoir, l'élan, la naïveté, l'innocence et tout cette meute de bons sentiments, ils sont tous là en rangs d'oignons, la raie sur le côté, les dents brossées et François ignore s'il va pouvoir, s'il va oser les suivre. Il ignore aussi si un jour dans sa vie il osera présenter une femme à Valentine, s'il aura le courage de faire ça sans craindre de la briser à nouveau, de la briser définitivement.

Il ignore s'il va prendre le risque de ne pas devenir un vieux con.

5

Quand Julien revient de sa pause déjeuner, Jeanne est à l'accueil. Le dimanche, ils sont moins nombreux qu'en semaine, c'est Jeanne qui l'a remplacé. Il pose dans un coin le sac en plastique contenant le Tupperware huileux dans lequel il a mangé rapidement un reste de pâtes de la veille. Les pieds dans le sable, face à la mer basse, la fourchette attrapant une à une les pâtes froides, Julien s'est dit qu'il avait de la chance. Julien ne vit seul que depuis deux mois, dans un studio moderne en banlieue sud, un quartier tranquille et résidentiel qui le change de la campagne où il a grandi et où vit encore sa mère. Il s'était toujours dit que le jour où il trouverait un boulot, il partirait de chez sa mère. Non qu'il y fût malheureux, mais il voulait savoir s'il était capable de vivre seul, de s'y plaire, d'aimer ça. Le jour de son déménagement, une fois tous les cartons déposés à l'arrière de la voiture, il avait serré sa mère dans ses bras, c'était le matin et elle n'avait pas eu le courage de s'habiller, elle avait demandé *tu es sûr ?* Son menton tremblait et elle ressemblait à une petite fille perdue dans son peignoir mou en éponge, le même peignoir depuis l'enfance, la même échancrure lâche au niveau des seins, la même poche déchirée sur le côté et c'est tout ça que Julien avait envie de quitter soudain : l'odeur de leur appartement le matin, le peignoir en éponge accroché au portemanteau de la salle de bains, sa mère endormie devant la télé dès neuf heures du soir. Alors, il avait répondu à sa mère un *mais maman* un peu suppliant, plus agacé qu'il ne pensait. Il aurait voulu qu'elle l'aide à partir sans le mettre dehors, il aurait voulu qu'elle n'ait pas peur, qu'elle n'ait pas mal, qu'elle soit forte, plus forte que lui. Il aurait aimé partir le cœur léger, serein, comme dans ces films où les enfants quittent la maison et laissent leurs parents bras dessus bras dessous sur le pas de la porte, le regard confiant, un peu tristes certes, *les années ont passé si vite, tu te souviens de son premier jour d'école, j'ai l'impression que c'était hier*, mais contents d'avoir fait du bon boulot. Mais ce n'était pas ça la vie de Julien, ça n'avait jamais été ça, alors il avait pris sa mère dans ses bras, lui avait parlé avec un ton un peu trop enjoué, avait dit des phrases comme *ça va être génial tu vas voir !*, tout de même il ne partait pas en safari au Kenya, et même un *tu vas t'éclater* totalement hors de propos, aussitôt dit aussitôt regretté, si gênant qu'il avait précipité son départ. Il avait donc fini par claquer la porte et monter dans l'ascenseur, entre rires et larmes et c'était bien lui ça, oui c'était bien Julien, seul dans l'ascenseur à ne pas savoir s'il fallait pleurer ou rire, s'agacer ou consoler, descendre ou remonter, partir ou rester. Quand il s'était assis à la place du conducteur dans la voiture pleine de cartons, il avait jeté un œil à son carnet de santé, donné à la dernière minute par sa mère sur le pas de la porte, *ça peut servir.* La couverture tombait en lambeaux. Toute son enfance était là, dans l'écriture serrée de son père, dans le nom du pédiatre, dans les dates de vaccins, dans les rappels faits en retard, dans les otites à répétition et les problèmes de semelles orthopédiques. À la fin, il avait regardé les courbes de croissance tracées maladroitement, avec son index il avait suivi celle de sa taille, un an, trois ans, six ans, dix ans et soudain, à douze ans, tout s'arrêtait, le trait restait en suspens au milieu de la page, comme si Julien s'était arrêté de grandir d'un coup, comme si la mort avait emporté son père et les avait jetés, lui et sa mère, du haut de la courbe, entre l'abscisse et l'ordonnée, dans cet endroit où l'on ne prend plus la peine de noter le poids, la taille, les dates. Ce lieu où tout ça n'a plus d'importance.

Julien avait su, alors, qu'il avait raison de partir, qu'il fallait partir, parce que s'il y avait bien une chose inévitable, inéluctable et merveilleuse, c'est que, quoi qu'il arrive, quoi qu'on fasse, et même s'il n'y avait plus personne pour le noter dans un carnet de santé : toujours, on continue à grandir.

Jeanne ne lui reparle pas de l'incident avec Cécile, tout à l'heure, elle semble avoir oublié. Lui, pourtant, a l'impression d'avoir commis une faute, une faute qu'il faut arracher du silence pour qu'elle n'en soit plus une. Alors il dit *je suis désolé pour tout à l'heure avec Cécile, je pensais bien faire. Moi j'aurais aimé qu'on me dise ça. Je n'ai pas réfléchi.* Jeanne le regarde, avec un léger sourire. Elle n'a pas le visage des autres jours. Elle demande à Julien *Tu as une copine ? Tu as déjà été amoureux ?*

Julien reste interdit. Certes, elle a toujours été gentille avec lui, veillant à ne pas se conduire en patronne et lui en subalterne mais enfin pas à ce point, pas comme ça. Julien bredouille. Comme souvent dans la vie, il se demande s'il doit mentir ou dire la vérité. Certains matins, il aimerait pouvoir répondre aux *ça va* habituels que non ça ne va pas, qu'il a envie de pleurer sans savoir pourquoi depuis qu'il s'est réveillé, qu'il se demande bien si les autres aussi ont parfois envie de pleurer sans savoir pourquoi depuis qu'ils se sont réveillés ou si c'est juste lui. Il voudrait leur raconter qu'il prend sa douche puis un café puis l'air et que les pleurs se diluent dans la vie comme l'aquarelle dans l'eau, et qu'au final, le soir en se couchant, le tableau de la journée est joli. Pourtant, il répond toujours *ça va et toi ?* Et il pose des questions, et il s'intéresse plus qu'il ne faudrait, au cas où les larmes auraient affleuré sous la bonhomie.

Cette fois encore, face à Jeanne, il hésite : faut-il raconter que l'été dernier avec sa mère ils sont allés camper dans le Sud et qu'il a rencontré une fille qui avait l'air d'une sirène, avec des cheveux comme une crinière et de longues jambes, elle portait un bracelet à la cheville droite et une bague au petit doigt du pied gauche, *ça s'équilibre* avait-elle dit, il l'a emmenée au Luna Park parce qu'elle rêvait de manger une pomme d'amour et de faire le Big Horror Show, un truc qui fout tellement les jetons qu'il a dû se mordre l'intérieur de la bouche jusqu'au sang pour que la douleur l'empêche de hurler de terreur, faut-il dire qu'après ils se sont embrassés sous la tente et qu'il craignait que le goût ferreux du sang se sente encore, si bien qu'au moment de faire l'amour il n'a pas réussi, il n'a pas pu, il ne bandait plus, il avait beau essayer et essayer encore, ça ne voulait pas, ça ne rentrait pas, et la sirène est repartie dans la nuit avec sa crinière emmêlée et son désir gâché, lui disant avec douceur *ce n'est pas grave, ça arrive*. Oui, faut-il raconter ça ? Julien opte plutôt pour le sobre, mais certes plus concis, *non je n'ai pas de copine*. Mais il ne peut s'empêcher d'ajouter *non je n'ai jamais été amoureux, enfin je ne crois pas. Si c'est ce que j'ai connu, je trouve ça décevant. Ça ne ressemble pas à ce que les films, les livres et les chansons racontent. Ça n'est pas aussi fort*. Et il ajoute *ça ne rend pas fou*.

Et Jeanne répond, spontanément, riant *mais ça ne rend pas forcément fou !* Puis son regard se fixe et elle ne dit plus rien.

Car François sort de l'ascenseur. Il se dirige tranquillement vers la sortie côté mer, avec la démarche qu'on lui connaît. Il jette un œil à la réception, les aperçoit et les salue de la main comme on le fait avec les vieux copains. Jeanne renvoie le geste, avec un naturel forcé. Julien en est étonné, il ignorait qu'on pouvait avoir cette familiarité avec les clients, il s'étonne de la rapidité avec laquelle on noue des liens dans le monde du travail, décidément il en apprend tous les jours, ce boulot est vraiment chouette. Jeanne essaie de reprendre le fil de leur échange, *ça ne rend pas forcément fou*, mais soudain elle ne sait plus, ses mains tremblent quand elle prend le dossier de François et Cécile, son esprit tente de ne pas s'affoler, de ne pas interpréter, de ne pas se saisir de ce salut de potes pour en faire du brou de noix, celui qui s'immisce en vous comme un poison et distille la peur. Celle de ne pas être aimée. Celle de se tromper. Celle d'avoir mal. Et Jeanne de penser soudain, comme on tombe dans un trou : si j'ai mal encore, je ne m'en remettrai jamais.

Julien voit les mains qui tremblent, les mots perdus, il voit l'émoi et le cœur qui s'affole, il voit François sortir par la porte circulaire, et Jeanne faire mine de s'affairer. Et ce qui n'avait été qu'un pressentiment devient une certitude. Et c'est comme si le monde devenait intelligible, lisible : il est l'ours polaire qui flaire sa proie à des kilomètres, il est le guépard qui court plus vite que la gazelle, il est Newton et la pomme tombée de l'arbre. Il se sent multiple et futé, alerte et vif. *Bon sang mais c'est bien sûr.* Le malaise il y a deux jours dans la chambre de François. Leur arrivée en retard lors du rendez-vous avec Cédric. Jeanne et sa question inhabituelle. Il comprend et il trouve ça incroyable et merveilleux. Il se demande comment ces choses-là se passent, et il se sent si jeune, si naïf, si petit de penser à l'amour, au sexe en ces termes pudibonds, *ces choses-là*. Il se demande qui a fait le premier pas, comment ils ont su que c'était possible, comment ils ont compris que c'était d'accord, il se demande si des mots ont été prononcés ou si ça s'est passé à l'écart des mots, dans ce vaste pays aux frontières inconnues et mouvantes qu'on appelle la séduction. Si Julien osait, il demanderait à Jeanne. Il réclamerait des détails, des explications, un processus presque. Mais il n'ose pas. Il sait qu'on ne fait pas ça.

Alors il demande à Jeanne *à quelle heure est la signature de la convention ? J'aimerais y assister, pour voir.* Jeanne lui répond *c'est à quinze heures* puis le regarde, étonnée, *pour voir quoi ?* Julien répond *s'ils sont capables de se regarder à nouveau dans les yeux. Et après, ils partent, après c'est fini ?* Jeanne se rembrunit et répond *oui, après c'est fini.* Puis elle ajoute *et tu as raison, ça rend fou.*

6

Jeanne était jolie derrière la réception. Elle avait de l'allure. Les joues encore rosies par les frottements de sa barbe. Le teint brouillé par cette fatigue douce et joyeuse des premières nuits d'amour, ce délassement. Tout à l'heure, François a traversé le hall le cœur battant, cherchant à ralentir sa démarche, à l'alanguir pour qu'elle soit la plus relâchée possible, la plus décontract', et ça fonctionnait si bien, c'était si cool qu'il s'est laissé aller à un salut de la main, mais c'était trop, c'était n'importe quoi, il s'en est tout de suite rendu compte, même le petit jeune a eu l'air surpris, il a regardé Jeanne avec son air d'oisillon ahuri et François s'est dirigé vers la sortie, bêta, adolescent, *mais qu'est-ce qui te prend enfin, n'importe quoi.* Il a pris la direction de la mer sans réfléchir. Il ne savait même pas pourquoi il était sorti de l'hôtel, peut-être simplement pour vérifier que Jeanne y était bien revenue.

François marche depuis presque une heure sur la plage. Il ne savait pas quoi faire d'autre de cette heure restante, de cette heure morte. Il aurait pu suivre le programme *bulle de bien-être* et serait à ce moment en train de se liquéfier dans un bain à remous, ou de retrouver le chemin de la séduction grâce à un coach de vie. Il aurait pu l'occuper, la combler. Mais il n'a rien fait du tout. Il ne sait pas attendre, faire diversion. Attendre, c'est penser à ce qui va advenir, pas le mettre de côté. Chaque fois qu'il a passé des examens, il a bûché jusqu'à la dernière minute, persuadé qu'il pouvait gratter encore un savoir ou deux, faire entrer dans sa tête un chiffre, une définition. Il considérait ses copains partis se balader en montagne la veille du bac comme des inconscients, comme des abrutis, lui ne se distrairait que quand la vie le lui autoriserait. Il ne voyait le divertissement que comme une récompense après un effort, après un succès. Bien sûr, il n'aimait les vacances qu'une fois par an, quand vraiment il n'en pouvait plus, quand vraiment il n'y avait plus le choix, quand objectivement il avait mérité le repos.

Alors, il a marché sur la plage. François est un garçon du grand air, qui aime l'effort, la sueur, la pluie et le polyester. Il a grandi à la montagne, il a l'habitude des bestioles, des balades à vélo où des insectes viennent vous éclater à la tronche comme des balles de revolver. Il ne craint ni les orties ni les vipères. Il sait quoi faire après une piqûre de frelon. Il n'a jamais froid. Ses jambes s'impatientent dès qu'il est assis plus d'une heure au restaurant, au cinéma, il ne supporte pas de passer une journée sans voir le ciel, il parle toujours de *se balader*, il ne se confie jamais autant qu'au-dehors, en marchant, plutôt que les yeux dans les yeux, face à face. Un homme du dehors. Ce que son esprit ne parvient pas à calmer, la marche, le ciel et le vent y parviennent.

Et puis il la voit. Il reconnaît sa silhouette, sa démarche, les épaules en dedans, la tête vers le sol, les mains dans les poches. Cécile. Cécile et sa pensée qui ne s'arrête jamais, Cécile et ses insomnies, Cécile et ses sourcils froncés de toujours se soucier, de *trembler* comme elle dit. Cécile. Il se souvient si bien de l'effet que produisait cette allure sur lui quand ils se sont rencontrés, quand ils avaient rendez-vous et qu'il l'attendait. Qu'elle le faisait poireauter plutôt. Cécile a toujours été de celles qui se font attendre. Il fallait la voir se préparer pour partir à un rendez-vous, égrainer les minutes qui lui restaient jusqu'au départ : *dans quinze minutes j'y vais, il faut que je sois partie dans cinq minutes maximum, il faut que j'y aille là, je suis en retard bordel.* Elle s'affairait avec l'angoisse croissante de faire tenir dans ces minutes tout ce qu'il fallait faire avant de s'en aller, comme on bourre une valise avant de partir en voyage, ne voulant renoncer à rien, essayant mais n'y arrivant pas, rangeant, vidant au dernier moment la poubelle, le lave-vaisselle, et ce mail qu'elle devait envoyer, ça prendra deux minutes et ce sera fait, elle pourra partir tranquillement à son rendez-vous et tout se jouait là, dans cette obsession du départ parfait, avec la maison bien rangée derrière soi, les affaires réglées, le linge plié, les compteurs remis à zéro. Pour que chaque heure soit une nouvelle page qui s'ouvre, vierge, propre, nette. Pour que la vie ne laisse aucune miette sur son passage.

Quand, fumasse de poireauter depuis plus d'une demi-heure, François distinguait enfin sa silhouette au loin, rien n'y faisait, toute sa colère, tous ses griefs s'évanouissaient. Elle avançait vers lui avec sa démarche chaloupée, elle avait quelque chose de la girafe ou du flamant rose, des échasses à la place des jambes, un balancement, une arythmie, un décalage qui semblait si bien s'accorder avec celui qui le faisait claudiquer depuis qu'il était en âge de se sentir différent, c'est-à-dire depuis longtemps. C'était bien commode cette façon de considérer les êtres comme des pièces de puzzle qui s'assemblent, l'amour ce grand tout, c'était si bon de se rapiécer à deux, de se raccommoder l'un l'autre, la suture ne faisait même pas mal. Et puis, quand ils se sont séparés, l'arythmie est revenue, le décalage est revenu, la claudication aussi, mais ce n'était pas tout, désormais il y avait leur fille, il y avait Valentine, et c'est comme si la distance entre eux avait déséquilibré son pas à elle, son allure : il fallait la voir courir au parc, marcher avec son cartable sur le dos jusqu'à l'école, c'était la même girafe, le même flamant rose, c'était eux. Et François avait pensé : alors elle aussi, elle devra faire avec ça. Avec ce décalage qui l'avait empoisonné adolescent, contre lequel il avait l'impression de s'être toujours battu. Alors, elle aussi serait de ceux-là. Il s'imaginait Valentine coupée en deux, toujours en manque, toujours ailleurs, ne sachant plus où donner du cœur. Comme tout parent qui se sépare, il pensait désormais que tout était sa faute. Il se sentait tour à tour puissant puis déchu. Puis triste. Et c'était sans doute ce qui restait malgré tout, c'était peut-être ça oui, le résidu âpre au fond du verre : la douleur de Valentine, sédiment de leur échec. On avait beau lui dire de ne pas s'inquiéter, que les enfants s'adaptent bien mieux que nous, on avait beau lui répéter, avec un ton un peu atterré même, *mais enfin la moitié des couples se séparent aujourd'hui, les enfants n'en sont pas traumatisés* ou alors *les enfants veulent que leurs parents soient épanouis, heureux*. Et c'était indiscutable, objectif presque. Mais ce n'était pas de ça qu'il était question, pas du tout même. Il était question d'un premier amour pur, plein, calme et entier, d'un amour comme un printemps, comme un jour tout neuf, il était question d'un enfant qui n'avait rien demandé, même pas à être là, qui était à lui seul le printemps, le numéro de téléphone sur la paume de la main, la première fois dans le lit étroit de la chambre de la cité U, le mariage et la bouteille de vodka à 10,90 euros, qui était les baisers et les étreintes, les rires et les vexations, les premières engueulades et les courses au supermarché, la naissance au petit matin un jour parfait d'été, dans une chambre d'hôpital comme toutes les autres mais dont le souvenir lui froissait encore le cœur huit ans après. C'était de tout ça qu'il était question, tout ce dont Valentine, sans le savoir, sans le vouloir, était le nom et cette vie qui était pourtant la sienne, cette vie qui commençait et qui aurait désormais cette tache au début, et François savait qu'elle aurait beau frotter, gratter avec ses ongles, ça ne partirait jamais. Bien sûr il y aurait dans sa vie d'autres taches, plus étendues, plus profondes, plus graves, mais est-ce qu'elles ne se colleraient pas toutes à celle-ci, cette première-là, n'en seraient-elles pas qu'une extension, comme un trou dans une étoffe qui s'agrandit jusqu'à tout déchirer ?

Alors, quand il reconnaît la silhouette de Cécile ce dimanche après-midi sur la plage, plus rien ne s'emboîte, ne se rassemble, ne se suture. Elle n'est plus sa famille. Elle n'est plus sa maison. Elle est la mère de sa fille. Et, en la regardant monter les marches de l'escalier qui rejoint la digue puis le perron de l'hôtel, ces marches qui la conduisent au même endroit que lui, il se dit que ça y est, c'est maintenant, c'est aujourd'hui, et ce qu'il n'avait pas perçu, pas savouré même avec leur cérémonie de mariage, il en prend la mesure avec le divorce. Certes, il n'y a pas de fête, pas de piste de danse, pas de DJ, pas d'invités, pas de bouteilles de vodka à 10,90 euros, mais il y a un lieu, une date, des témoins, il y a la fin qui s'annonce, comme dans les vieux films, avec le mot FIN écrit en gros, il se demande pourquoi on ne fait plus ça. Il y a cette solennité, cette mise à mort.

Il y a un jour pour se quitter et c'est maintenant.

7

Signature de la convention

Ils ont signé.

Ils sont officiellement divorcés.

Ils ont quinze jours pour se rétracter. Bien sûr, ils n'en feront rien.

Le stylo-plume a crissé sur le papier.

Ils se sont serré la main. Main des avocats. Main de Cédric le notaire. Main de Julien. Main de Jeanne. Main moite de Jeanne, main douce de Jeanne, main belle de François, main caressante de François. Main de François. Main de Cécile. Julien a ouvert une bouteille de champagne sans faire de bruit, tout de même il fallait marquer le coup, il a servi une coupe à chacun et tous l'ont bue doucement, ce goût de l'alcool l'après-midi, cette torpeur qu'il promet, comme un engourdissement.

Un peu ivres, ils se sont levés, ont remis leur veste et Jeanne a ouvert la porte de son bureau. Tout le monde est sorti en file indienne, ils se sont retrouvés dans le couloir, un peu nigauds.

Ça a été si rapide. Ça a été si facile. On peut dire que l'*Hôtel du bord des larmes* a tenu ses promesses. Et c'est presque bizarre, presque un peu décevant cette facilité, ce lien qu'on dénoue comme on défait le nœud d'un ruban, en le faisant glisser entre ses doigts. Comme si ça n'était presque rien, pas grand-chose en définitive, un divorce, une vie qui change, pas de quoi être solennel. François, pourtant, aime la solennité, il aime les au revoir, ces moments qui ressemblent à des photos de famille. Ceux dont on sait qu'ils ont été préparés, imaginés, craints : on se souvient avoir porté un soin particulier à sa tenue, à sa coiffure, à son allure, on se souvient de l'excitation, de l'appréhension, de l'envie de ne pas y aller parfois. François adore ça, d'ailleurs avec Cécile ils ont fait une collection informelle du temps de leur mariage, une collection qui n'en était pas une puisque faite sans concertation, sans réflexion, au hasard des voyages, au gré des passages dans des brocantes, dans des vide-greniers. Une collection faite de lots de photos de familles inconnues emballés dans du papier cristal qui laissait deviner sans rien dévoiler, photos noir et blanc et couleur, toutes époques confondues, photos de baptêmes, de communions solennelles, de mariages, de déjeuners du dimanche chez mémé, avec pépé et sa Gitane au coin du bec, le départ en voiture pour les vacances annuelles sur la côte, les pique-niques, les retrouvailles, la fierté du nouveau vélo, du nouveau costume, de la belle mise en plis, l'ennui aussi parfois qui affleurait si fort, la détestation de madame pour monsieur, de tonton pour tata, et ce petit dernier qui n'arrête pas de faire le pitre, vraiment on ne sait pas ce qu'on va en faire de celui-là. C'étaient d'autres époques, où il avait l'air de faire plus chaud l'été et plus froid l'hiver, où la vie semblait plus rude, plus âpre et étrangement plus simple, mais peut-être est-ce juste le temps qui fait ça, ce temps qui enlève au passé ses échardes et ne laisse que le bois ciré, le bois lisse, bien sûr il y a des nœuds mais c'est comme le pommeau usé d'un escalier qu'on se plaît à caresser pour mieux se hisser. C'étaient d'autres gens, parfois ils croyaient reconnaître leurs parents enfants, leurs grands-parents, la maison de vacances, alors même qu'ils ne les connaissaient pas, alors même que tout ça leur semblait si loin, un autre monde. Et même une fois, une photo en apparence banale dont il émanait une étrangeté, un malaise qui s'était transformé en effroi quand ils avaient compris : celle d'un bébé au visage figé, cireux, à la robe de baptême trop grande, la tête tenue droite par ses parents au regard glacé, aux yeux vides, à la bouche plate, au cœur brisé par ce petit corps mort, vivant pour l'éternité devant l'objectif de l'appareil photo.

Rien de l'amidon des photos de famille quand ils ont signé, rien de cette effervescence que François espérait un peu, confusément, sans trop savoir pourquoi. S'ils étaient venus ici avec Cécile, c'était donc seulement pour la rapidité, pour se débarrasser ? François rêvait d'un coup d'éclat, d'une déclaration de fin d'amour, après tout, il y avait une première déclaration, un premier *je t'aime*, pourquoi n'y aurait-il pas un *je ne t'aime plus*, un *merci*, un *bon vent* ? À moins que cette signature revienne à dire ça. Mais ce n'était pas pareil, ce n'était pas fort comme des mots, pas puissant comme ce premier *je t'aime* dont il se souvenait si bien.

Alors, en sortant de la signature, ils se retrouvent devant la porte du bureau de Jeanne, un peu couillons, un peu bourrés. Jeanne reste à l'intérieur, elle referme doucement la porte sur eux, sans savoir quand elle reverra François, si même elle le reverra. Depuis la veille, ils ne se sont rien dit, rien envoyé, il y a eu des regards, des évitements, une blague même, avec un sous-texte graveleux, quand François a renversé son café sur la moquette : *pardon j'ai peu dormi cette nuit, il y avait un couple qui faisait un boucan du diable dans la chambre d'à côté*. Jeanne l'a pris pour elle, tout le monde a ri. Mais c'est tout. Plus la journée avance, plus la nuit qu'ils ont partagée perd de sa réalité, de sa matière, ce qui était un roc au réveil s'effrite au fil des heures, devenant sable, devenant poussière, et ce qui lui a semblé sûr, incontestable et tangible au matin devient de plus en plus discutable, abstrait, friable à mesure que ce dimanche se déploie. Il est dix-sept heures désormais et Jeanne n'est pas sûre qu'elle reverra un jour François. Les dimanches, décidément.

De l'autre côté de la porte, François, Cécile et Julien sont dans le couloir, c'est fini, il faut quitter la chambre, boucler les valises, repartir chacun de son côté. C'est fini, mais ça n'a pas l'air de l'être. Ils attendaient autre chose. Même Cécile, qui jurait ne venir là que pour la rapidité, l'efficacité, ressent ce même inachèvement, quelque chose qui ressemble à un ratage, à une déception. Comme s'il fallait se dire au revoir, se dire vraiment au revoir. Mais comment ? Ils entrent tous les trois dans l'ascenseur, soudain ils sont gênés, ils ne savent plus quoi se dire. Cécile se met à parler de Valentine, elle a une sortie scolaire dans deux semaines, pourrait-il accompagner sa classe ? Quand ils ne savent plus quoi se dire, ils parlent d'elle, et c'est le seul endroit où ils se retrouvent enfin, tels qu'ils étaient, Cécile et François, mais oui c'est bien eux, ils sont à nouveau ensemble, chacun sait, chacun connaît intimement Valentine, chacun l'aime autant que l'autre l'aime, avec cette même folie, avec cette même profondeur, avec cette même intensité, avec cette même douleur parfois, il n'y a que l'un ou l'autre qui puisse partager la joie de la voir grandir, progresser, même à distance, même de façon alternée et Cécile est si reconnaissante à François de ça, de cet enfant qu'ils continuent à élever ensemble malgré tout, de cet amour qu'ils ont créé et qui a pris toute la place, qui a tout raflé sur son passage, qui les a dévorés mais qui leur a laissé Valentine en cadeau.

Julien les écoute en faisant mine de ne pas, un peu embarrassé par cette intrusion d'un quotidien qui n'est pas le sien. Alors, il lève les yeux au ciel, regardant les numéros des étages décroître doucement, et quand enfin les portes s'ouvrent sur le deuxième, le leur, Cécile et François en sortent en continuant à converser, sans penser à dire au revoir à Julien, sans même se rendre compte que Julien est encore là. Peut-être est-ce dû à la légère ivresse, au divorce, à cette fin qui n'en a pas le visage, François se sent d'humeur guillerette soudain, il se met à imiter Valentine, comme ça, et Cécile se marre, c'est fou comme elle se marre, François a toujours été doué pour les imitations, mais là, c'est impayable. Alors, sans s'en rendre compte, elle l'attrape par le bras pour sortir de l'ascenseur, comme au temps de l'amour, elle se tient à son bras et ce n'est plus d'amour pourtant qu'il s'agit, plus du tout même, ils marchent ainsi dans le couloir qui les ramène à leurs chambres, et ils ne se sont même pas rendu compte qu'ils riaient, qu'ils se tenaient par le bras, qu'ils laissaient Julien en plan, entre eux il n'y a plus que les rires un peu bêtas de l'alcool l'après-midi, et peut-être au fond de leur cœur, cet éblouissement, cette reconnaissance : cette certitude à cet instant que ce qui reste désormais, c'est cet amour qui les dévore et les élève chacun de leur côté et qui s'appelle Valentine. Et ils mesurent enfin la chance de le partager. Car celui-là non, n'a pas de fin.

À les voir ainsi discuter dans le couloir, Julien se dit qu'on pourrait s'imaginer deux vieux amis, un frère et une sœur, peut-être même un couple pourquoi pas, on ne pourrait pas se dire qu'ils viennent enfin de divorcer et que les larmes, pour eux, c'est officiellement terminé.

Épilogue

Dans la presse qui a relaté l'histoire, parfois à la rubrique « économie », parfois à la rubrique « société », une fois même à la rubrique « faits divers », on a parlé de scandale. Le titre faisait volontiers frémir, c'est qu'il fallait être un peu sensationnel, un peu clinquant, donner envie de lire : « Scandale sexuel dans un *Hôtel du bord des larmes.* » Pour certains, il y avait la photo d'un hôtel, pour d'autres, celle d'un de ses dirigeants, et même celle d'un couple de dos, en ombre chinoise, main dans la main sur une plage au soleil couchant. En exergue et entre guillemets, on pouvait lire ceci : « Nous sommes désolés de cet événement qui ne reflète en rien le professionnalisme et le sérieux dont ont toujours fait preuve nos équipes. » Les identités des protagonistes de ce présumé scandale n'étaient pas révélées, pas même les prénoms de Jeanne, de Cécile ou de François. Quelques journalistes, qui n'avaient pas grand-chose à se mettre sous la dent, avaient mollement tenté de les débusquer, mais impossible de remettre la main sur les amants. D'eux, on savait seulement que le futur divorcé avait passé la nuit avec la femme chargée d'orchestrer son divorce, au nez et à la barbe de la future divorcée qui, bien sûr, n'était au courant de rien. On savait qu'ils avaient été aperçus s'embrassant sur le parking le dimanche en fin d'après-midi par un des employés de l'hôtel qui lui-même avait cafté à sa hiérarchie. Tout était parti de là. En milieu informé, on riait un peu de ce vaudeville de mauvaise facture, le rattachant à d'autres histoires de cul, banales, forcément. On se gaussait avec cynisme de l'échec de l'entreprise, c'était couru d'avance, et puis le ver était dans la pomme, l'arroseur était arrosé, tout ça. Ce n'était donc que justice, preuve en était qu'on avait eu raison de se méfier, de se moquer, de s'épouvanter, le monde se porterait mieux sans ces hôtels où l'on divorçait comme on avale un hamburger, vite et mal. C'est qu'on avait encore un peu d'humanité, un peu de décence, un peu de morale. Et puis rien que ce nom, *Hôtel du bord des larmes*, quelle idée aussi, c'était trop négatif, les larmes tout ça, tout le monde sait que ça fait fuir les gens, il faut être fou pour appeler un hôtel comme ça, c'est se tirer une balle dans le pied non, ce que veulent les gens c'est de la joie, c'est du rire, c'est du divertissement, la vie est suffisamment difficile pour ne pas en rajouter.

L'entreprise n'était déjà pas très florissante, ce petit scandale l'a fait sombrer un peu plus. Non à cause du bouche à oreille, il n'y en a même pas eu. Mais simplement parce que, quand on tapait *Hôtel du bord des larmes* dans la barre de recherche sur Internet, on tombait désormais d'abord sur ces articles, sur ces mots. Faute de réservations, quelques mois après le divorce de François et Cécile, les *Hôtels du bord des larmes* ont cessé toute activité dans l'indifférence la plus totale.

Sauf pour un jeune homme aux cheveux auparavant ébouriffés, quelque part dans un studio moderne en banlieue sud. Julien a remisé les articles sur cet hôtel où il n'a travaillé que quelques mois, les a tous lus attentivement, avec tristesse et honte. Le jeune homme qui a vu Jeanne et François s'embrasser sur le parking, c'était lui. Contrairement à ce que les articles ont affirmé, Julien n'en a jamais informé sa hiérarchie par zèle. On peut lui reprocher beaucoup de choses, mais attention : Julien n'est pas une balance. Quand il est passé par le parking pour rentrer chez lui et qu'il a vu Jeanne et François s'embrasser, adossés à la voiture de Jeanne, il en a été heureux puis gêné d'assister à ce qu'il ne devait pas voir. Il est rentré dans l'hôtel sans un bruit, le souffle court, a attendu quelques minutes qu'ils s'en aillent et est ressorti pour prendre sa voiture. Pendant tout le trajet du retour, il a souri. Il trouvait ça si chouette et si mystérieux. Le lundi matin, quand il est retourné au boulot, guilleret, sifflotant, il se sentait plein de cette joie de la veille, cette joie pure pour Jeanne. Mais il y avait autre chose : cet obscur plaisir du secret. Celui qui vous donne envie de le révéler pour le savourer, le dévorer, s'en pourlécher jusqu'à la dernière miette, gratter l'emballage avec les ongles. Celui qu'il est si savoureux de partager avec d'autres comme un mets rare et interdit, pour être celui qui. Pour exister. Pour grandir. À ce moment-là, Julien ignore encore que ce mets-là est vénéneux et qu'il est comme ces félins qui, soudain, sans qu'on sache pourquoi, d'une heure à l'autre, pour un mauvais regard, pour un bruit suspect, pour rien, retrouvent leur instinct et lacèrent leur maître à mort, ce même maître qui, pourtant, chaque jour de leur vie, les a nourris, soignés pour mieux les asservir à grands coups de lasso, de cris, de susucres. Ce lundi-là, à sa pause déjeuner, Julien a rejoint quelques collègues qui mangeaient eux aussi leur sandwich les pieds dans le sable face à la mer, ils ont parlé des patrons, ont plaisanté, et ce que Julien gardait si précieusement en lui depuis la veille, ce qui le gonflait d'importance et d'espoir, a éclaté à la surface comme une bulle. Ça n'était qu'un baiser sur un parking, ça n'avait rien de vraiment scandaleux mais il fallait voir les regards des autres, leur sollicitude soudain, il fallait sentir la poitrine de Julien se gonfler d'importance, d'une joie étrange, brutale, un peu violente presque, si violente qu'assez vite, quand les autres ont commencé à en rire, à faire des blagues, à s'imaginer des situations scabreuses, vulgaires, dégueulasses mettant en scène Jeanne, la joie violente s'est mise à lui comprimer la poitrine, à lui enserrer le cœur et les poumons. Il a alors compris qu'il avait gaffé, encore, toujours, vraiment gaffé et que cette fois il ne s'agissait pas d'un tutoiement inopportun, d'une parole un peu déplacée non, cette fois sa maladresse était une connerie, une vraie connerie, et s'il avait pu tout ravaler, là, maintenant, s'il avait pu remanger son vomi comme le font les chats, il l'aurait fait.

Le lendemain, Jeanne s'est fait licencier pour faute grave et a quitté l'hôtel dans l'heure, à l'abri des regards, emportant dans un carton une plante verte et un mug *Hôtel du bord des larmes*. Julien ne l'a pas revue, a démissionné dans la foulée, écœuré par les bruits de couloir et par sa tronche dans l'ascenseur. Il s'est inscrit au chômage. Lors de l'entretien avec son conseiller Pôle emploi, il a demandé à travailler sur le front de mer *si possible*. Assez vite, on lui a retrouvé un emploi dans un autre hôtel, un hôtel de bord de mer. Un hôtel normal avec des gens normaux, des couples, des familles, des personnes seules qui passent leur semaine sur les routes et dînent tous les soirs au resto de l'hôtel, crevés, la cravate de traviole et le regard au loin, habitués à dîner seuls tous les soirs de toutes les semaines de l'année à l'exception des week-ends. De la réception, Julien les observait avec admiration et un peu de peine, il aurait voulu pouvoir les mettre les uns à côté des autres dans une joyeuse tablée de gens qui passent leur semaine sur les routes et leur week-end à la maison, qu'ils se parlent, qu'ils échangent, qu'ils puissent se dire comme c'est dur ou comme c'est bon au contraire, qu'ils puissent savoir qu'ils ne sont pas seuls, que leur regard s'accroche à un visage. Mais on ne faisait pas ça dans cet hôtel-là, et de toute façon, Julien n'osait plus rien dire, plus rien faire qui ne soit écrit noir sur blanc dans son contrat, ni attention spéciale, ni heure supplémentaire, ni franches rigolades entre collègues. C'était un hôtel ordinaire, sans complications, sans heurts, sans sentiments alambiqués. Un hôtel sans larmes. Là-bas, on lui avait demandé de se coiffer, quitte à mettre du gel, il en a mis mais c'était trop, ça faisait mafieux, les gens n'aiment pas les cheveux qui brillent, ça fait mauvais genre, on lui a demandé d'en mettre moins. Il s'est débrouillé comme il a pu avec ce qu'il avait, il a réussi à se coiffer sans avoir l'air d'avoir coupé l'oreille d'un type pour soutirer de l'argent à sa famille. Son visage en a été transformé. Et puis, comme un appel d'air, c'est tout le corps qui a suivi. La bouille dodue, le torse concave, les jambes de héron ont finalement plié sous le poids des haltères, sous l'assaut des machines impressionnantes de la salle de sport, des bananes et des boissons protéinées avalées pour prendre des muscles, pour *prendre de la masse,* comme il disait. Même sa voix a descendu d'une octave. Le visage s'est dessiné. Le jeune homme est devenu un homme.

Un samedi, à la réception, il voit passer un groupe bruyant d'hommes en costard et de femmes en tailleur. L'hôtel accueille souvent des conférences, des congrès, des team building, des séminaires, des week-ends d'intégration, avec beaucoup d'hommes et de femmes qui travaillent ensemble mais qui se voient parfois pour la première fois en dehors de leur lieu de travail, et il y a souvent une certaine excitation à se montrer sous une autre lumière, sous un jour qui se veut décontracté, cool, fun, parce que c'est important de *créer du lien*. Ils portent des badges avec leur prénom, leur table est indiquée sur un paper board, parfois la soirée a pour thème les films d'aventures, la mythologie ou les super-héros, et on peut aisément se retrouver à table avec Spiderman ou Artémis. Dès leur arrivée, ils boivent des cocktails à base de rhum qui les saoulent en un quart d'heure et après, il faut voir les cravates se dénouer, les yeux se mettre à briller, les chaussures à talon s'ôter sous la table, les plantes des pieds se cambrer sur la moquette. Le travail comme un masque qui, doucement, gentiment, tombe. C'est là que le séminaire commence en général.

Quand ces groupes viennent, Julien est chargé d'organiser des visites de la région, des balades à cheval sur la plage, des activités ludiques pour détendre les équipes, des jeux de rôles, des *blind tests*, des parties de foot, de water-polo, des compétitions de courses en sac, et même une fois il a fallu leur faire fabriquer une caisse à savon avec du carton et du papier crépon, c'était tordant. Le soir, ils dînent toujours tous ensemble dans la grande salle de réception, celle qui est réservée aux groupes.

Le groupe de ce samedi soir, Julien ignore qui le compose. Il ne s'est pas renseigné sur leur métier, sur l'entreprise, en fait il s'en fout, il a perdu un peu de cette capacité d'émerveillement qui était la sienne à dix-neuf ans, non par cynisme mais par érosion, comme une peinture qui, à la longue, s'écaille. Au début, il trouvait ça drôle, joyeux, il se disait qu'il aurait adoré participer à ce genre de trucs, se faire payer des vacances par la boîte, se déguiser comme un enfant, jouer tous ensemble à moitié à poil dans une piscine et picoler à l'œil. Et puis, il a vu les comédiens enfiler les costumes en Lycra dans les cuisines du restaurant, des costumes dont les coutures parfois craquaient, ce n'était pas toujours la bonne taille, il a vu les maquillages un peu moches, les perruques qui ne tenaient pas droites, il a entendu des conversations sarcastiques dans les couloirs, en fait les gens n'étaient pas contents, ils n'étaient plus des enfants, ils n'avaient pas besoin qu'on les divertisse en permanence, ils n'étaient pas des chiens à qui on cache les médicaments dans la pâtée pour mieux la leur faire avaler. Et c'est comme si Julien revoyait le type des pompes funèbres à la semelle décollée lors de l'enterrement de son père, à nouveau c'est tout ce vernis qui craquelait, à nouveau ça le foutait par terre. Depuis, il avait adopté sans le vouloir une forme de détachement, il était toujours ce jeune homme enjoué, vite content, excessivement poli, mais il essayait de moins s'excuser. Parfois, il s'autorisait à faire un peu la gueule le matin, ce qui pour lui était beaucoup.

Ce soir-là donc, le groupe est déjà installé dans la salle de restaurant et Julien descend les escaliers qui y mènent pour vérifier que tout se passe bien, qu'ils n'ont besoin de rien. Il entend une voix qui parle au micro, une voix qui fait un discours, il sait qu'il connaît cette voix mais le visage ne lui revient pas, le corps qui va avec non plus, un instant il s'imagine peut-être qu'il s'agit de quelqu'un de connu, un acteur, un humoriste, un présentateur télé, ça arrive parfois, plus il se rapproche et plus ça se précise, des éléments lui montent à la tête, épars et diffus, une démarche, une attitude, une façon d'être, et puis cette masse qui le prend à la gorge soudain, cet embarras qui lui coupe l'appétit, comme ça, d'un coup, il glisse sa tête dans l'embrasure de la porte et bien sûr que c'est François : le type n'a pas changé, le type est le même. Il y a un PowerPoint au mur et François passe d'un slide à l'autre, avec des camemberts, des objectifs et des résultats. Tout le monde a l'air de s'ennuyer ferme, François compris, mais après, on ouvre le buffet, alors comme dans les mariages, on patiente pendant les discours des témoins avec photos des mariés bébés mangeant leur première purée en montage parallèle, parce qu'on sait qu'on va pouvoir se jeter sur la bouffe et le champagne en récompense. Julien se tient là, au fond de la salle, le souffle court, combien de fois a-t-il imaginé croiser Jeanne, la rencontrer dans la rue, au supermarché, à la salle de sport, combien de fois a-t-il cru la voir dans une foule, entendre son rire dans un restaurant, plusieurs fois même il a préparé ce qu'il dirait, ce qu'il ferait, il y aurait des excuses, bien sûr, de la contrition, peut-être même qu'il pleurerait, il était si sensible, bien sûr qu'il pleurerait.

Jamais il n'a su si elle avait su, jamais il n'a osé l'appeler. Mais bizarrement, jamais il n'a repensé à François, jamais il n'a imaginé que c'est lui qu'il rencontrerait.

Alors il attend que François termine, et ce faisant, il gagne du temps. Il se sent pleutre et froussard, il était de ces petits garçons qui font dans leur culotte pour éviter de se battre et il se sent dans cette même situation, cette même crainte de la castagne, du poing dans la gueule, de l'arcade sourcilière en sang. François termine enfin, tout le monde se jette sur le buffet, et François range mollement son ordinateur portable dans une pochette puis quitte la salle et se rend sur la terrasse attenante face à la mer. Julien le suit en longeant les murs, comme s'il allait être à découvert, comme s'il avait peur d'être démasqué, puis, quand il le voit face à la mer sur la terrasse, finit par le rejoindre. Parce qu'en fait il n'a pas le choix, bien sûr qu'il n'a pas le choix. Il y va, prêt à prendre sa correction, comme un enfant, encore. Il vérifie qu'il porte bien son badge avec son prénom, pour que François puisse le reconnaître plus aisément, Julien s'imagine toujours qu'on ne se souvient jamais de lui. Ce qui est d'ailleurs souvent le cas. François défait sa cravate, ouvre les premiers boutons de sa chemise, il n'a pas vraiment changé, un peu grossi peut-être, sa barbe est plus longue qu'auparavant, ses cheveux plus courts. Julien s'approche de lui, il ne voudrait pas lui faire peur en étant trop discret alors il se sent obligé de faire des pas un peu lourds, un peu marqués, il se sent un peu con, il a l'impression d'être dans une pièce de théâtre de mauvaise facture, où les comédiens s'annoncent pour entrer en scène. François a sorti un paquet de cigarettes de sa poche, il tourne la tête, voit Julien, en profite pour lui demander du feu en palpant ses poches, *ah non c'est bon j'en ai*, il allume sa cigarette et s'assied sur une chaise face à la mer, indifférent à Julien qu'il n'a évidemment pas reconnu, indifférent à tout. Et puis soudain, ses yeux se posent à nouveau sur Julien et c'est maintenant qu'il le voit. François l'inspecte des pieds à la tête, son visage est impassible mais le regard s'attarde enfin sur les yeux, sur les cheveux, sur les biceps. Julien est au supplice, il ne dit rien, il se laisse ainsi malmener par ce regard qui le détaille comme on soupèse un jambon, comme on évalue la qualité d'une étoffe, il se laisse déshabiller et il serait prêt à tout déballer, là, tout de suite, à tout lui raconter, à se répandre en excuses, comme ça ce serait fait, comme ça il serait enfin en paix. Au moment où il va ouvrir la bouche, en fermant les yeux presque, François sourit. Et, comme s'il continuait une conversation commencée la veille, comme si le retrouver ici deux ans après était normal, il lui dit, en le tutoyant d'emblée, *tu as changé, c'est fou ce que tu as changé, tu travailles ici maintenant ?*

Julien respire, en lui tout s'alanguit. Une joie brutale s'empare de lui, une joie malsaine, comme s'il avait échappé de peu à un camion sur l'autoroute, le corps encore en émoi, les terminaisons nerveuses en folie, et cette peur qui dégouline dans le dos d'une sueur froide et odorante. Donc François ne sait pas. Donc Jeanne ne sait pas. Pourtant, à la seconde où il se sent ainsi soulagé, sauvé presque, où la tentation d'enfouir à jamais cette faute dans un passé qu'il ne viendra plus fouiller est de nouveau possible, une déception pointe. S'il ne saisit pas ce moment, il n'y en aura pas d'autres après, il le sait. On ne retrouve pas les moments gâchés, les instants perdus, ils s'enfoncent dans le temps et c'est fini. Il y a une chance de salut, et c'est maintenant.

Mais François se met à parler de son boulot, de ce colloque, de sa vie, de sa fille, c'est fou comme il est bavard, il parle de Cécile, elle a emménagé avec l'homme avec lequel elle était, ça se passe bien, enfin il croit, enfin il s'en fout, ce qui compte c'est que Valentine le trouve sympa, il est gentil avec elle, il la fait rire et lui achète trop de bonbons, le reste il ne veut pas le savoir. Et il part dans un éclat de rire un peu rageur comme ça, comme si la colère, le dépit, la rancœur étaient toujours là, malgré les années, à moins que ce ne soit qu'une habitude désormais, parler de Cécile ainsi, comme on s'essuie les pieds sur un paillasson, une façon de faire avec cette blessure qui ne partira jamais. Mais qui ne fait plus mal. Pas une seule fois il n'évoque l'*Hôtel du bord des larmes*, le scandale, pas une seule fois il ne parle de Jeanne.

Et puis, François se met à tousser, la clope sans doute, et enfin un silence s'installe. Et il regarde Julien en fumant, avec ce sourire dans les yeux, cette légère ironie qui ne semble jamais le quitter et qui, là, à cet instant précis, ridiculise la contrition de Julien, son tortillement intérieur de petit garçon, j'y vais, j'y vais pas, d'un pied sur l'autre, comme une envie de pisser. Et François dit *et toi, comment ça va depuis la dernière fois, sur le parking ?* Et il jette son mégot à la mer en faisant une pichenette. À ses mots, à son intonation, à ce geste un peu joueur, un peu flambeur, Julien comprend que François sait tout depuis le début et il se sent rétrécir dans ses chaussettes, comme si ses muscles si durement acquis se déballonnaient d'un coup dans un petit sifflement de ballon qui se dégonfle, comme son amour-propre, comme sa fierté, comme son cœur, et il ne sait plus ce qu'il doit dire, ce qu'il doit faire, il voudrait partir et aller chialer un bon coup aux chiottes, il voudrait grandir et devenir enfin un homme. Il voudrait ne plus pleurer. Il voudrait oublier.

Alors Julien dit *et Jeanne ?* Pas *je ne suis pas une balance*, pas *je suis désolé*, encore moins *je ne pensais pas à mal*, ou même *et Jeanne comment va-t-elle ?* ou *et vous avez des nouvelles de Jeanne ?* ou encore *et vous êtes toujours en contact avec Jeanne ?* Non, *et Jeanne ?*, simplement. Parce que ce qui lui importe à cet instant, c'est de savoir si Jeanne va bien, si la vie pour elle n'a pas été trop compliquée après ça. Si elle est heureuse. Si elle s'en est bien sortie. S'il n'a pas tout gâché.

Alors François reprend la parole, et il n'a plus le sourire au coin des yeux, il n'a plus la pichenette au bout des doigts, il parle mais il ne regarde plus Julien *tu sais, une histoire d'amour, c'est comme un film qui nous a marqué. On se la refait souvent dans sa tête. Un jour, j'ai lu un livre sur un cinéaste que j'adore, un chapitre entier était consacré à un film que je connais très bien, que j'ai vu des tonnes de fois. Dans ce chapitre, l'auteur y évoque une séquence connue du film, incontournable, marquante parce que dérangeante, un moment que l'on n'oublie pas. L'auteur la décrit et il parle d'un plan en particulier, et là je me dis :* non. *Ce plan n'existe pas. Mes yeux ne l'ont pas vu, j'en suis sûr. Je lâche le livre, je cherche le DVD du film, me disant après tout que je ne l'ai pas revu depuis longtemps, que ma mémoire doit me jouer des tours. Je trouve la séquence, la mets en entier, pour ne rien louper, un plan c'est rapide. Je cherche l'image en question. Mais la séquence s'achève, je reviens en arrière, la remet au début, la regarde à nouveau. Et l'image n'y est pas. Elle est manquante. Elle n'existe pas. Elle n'existe que dans la tête de celui qui a écrit le livre. J'étais fier d'avoir raison, c'est con, fier d'être celui qui avait vu là où personne n'avait pensé à vérifier, à remettre en question. Souvent, j'y ai repensé. Je trouvais ça fou que tous les lecteurs de ce livre acceptent ce plan qui n'existait pas, au point peut-être de se l'imaginer eux aussi, de le créer dans leur tête. Et puis, quand j'ai divorcé de Cécile, quand j'ai rencontré Jeanne, j'ai compris pourquoi cette histoire d'image manquante me fascinait. Parce qu'une histoire d'amour, mais il en est de même pour tout ce qui nous arrive en réalité, tout ce qui nous touche en tout cas, une histoire d'amour c'est comme un film qu'on adore. Elle n'a pas de vérité. Elle n'existe que dans le cœur de celui qui la raconte, avec des images manquantes, des images en trop, des images trouées. Et que ce souvenir falsifié, erroné, fabriqué presque, c'est ça l'amour. C'est l'image manquante. C'est ce qu'on voudrait qu'il advienne. Et qui parfois n'advient jamais. C'est ce qui très rarement, mais parfois, advient : l'image manquante devient image présente. Devient la vie. Et ça, c'est un genre de miracle.*

De la salle derrière eux, une clameur monte, tout le monde se met à applaudir en levant son verre. François se lève, le sourire est revenu au coin de ses yeux, il dit *il faut que j'y retourne, ce serait dommage de louper les verrines*. Il serre la main de Julien et dit *salut Julien*. Il se dirige vers le salon, se retourne et ajoute *je dirai à Jeanne quel bel homme tu es devenu.*

Cet ouvrage a été mis en pages par

<pixellence>

CET OUVRAGE
A ÉTÉ ACHEVÉ D'IMPRIMER
SUR ROTO-PAGE
PAR L'IMPRIMERIE FLOCH
À MAYENNE EN FÉVRIER 2021

N° d'édition : L.01ELJN000952.N001. N° d'impression : 97719
Dépôt légal : mars 2021
Imprimé en France